刘水水 —— 著

惺

sympathetic

惺

Sympathetic

中国言实出版社

图书在版编目(CIP)数据

惺惺 / 刘水水著 . -- 北京 : 中国言实出版社，
2023.7

ISBN 978-7-5171-4485-4

Ⅰ.①惺… Ⅱ.①刘… Ⅲ.①长篇小说 – 中国 – 当代
Ⅳ.① I247.5

中国国家版本馆 CIP 数据核字（2023）第 097018 号

惺惺

责任编辑：张国旗
责任校对：宫媛媛

出版发行：中国言实出版社

地　　址：北京市朝阳区北苑路180号加利大厦5号楼105室

邮　　编：100101

编辑部：北京市海淀区花园路6号院B座6层

邮　　编：100088

电　　话：010–64924853（总编室）　010–64924716（发行部）

网　　址：www.zgyscbs.cn　电子邮箱：zgyscbs@263.net

经　　销：新华书店

印　　刷：三河市春园印刷有限公司

版　　次：2023年10月第1版　2023年10月第1次印刷

规　　格：880毫米×1230毫米　1/32　9印张

字　　数：185千字

定　　价：45.00元

书　　号：ISBN 978-7-5171-4485-4

徐恪钦

徐恪钦，今天我问了老师，我能考上C大的话，就能跟你在同一个城市了。

徐恪钦，我今年没考上C大，我决定复读一年，等你大二的时候，我肯定能去C大。

徐恪钦，明天我就要去学校报到了。

我们应该很快就能见面了吧？

徐恪钦，
我来赴约了。

想念原本是一件很孤独的事情，

郭啸是一座寂寞的山谷，

却能在不知不觉中给予徐恪钦回应。

目 录

contents

第一章　任人欺负的小尾巴　//　001

第二章　迟来的叛逆　//　055

第三章　最好的朋友　//　111

第四章　不辞而别　//　165

第五章　我们的约定　//　203

番　外　　　　　　　//　267

第一章　任人欺负的小尾巴

第一章　任人欺负的小尾巴

盛夏，火辣辣的骄阳炙烤着大地，热风拂过枝叶发出沙沙的声音，荫蔽在枝头的知了吵得不可开交。

笔尖划过试卷，只留下了一道凹槽，徐恪钦甩了甩手里的签字笔，再次往试卷上书写，依旧没有墨水出来，笔芯里没墨了。

房间门紧闭，家里静悄悄的，徐恪钦瞥了眼书桌上的闹钟，已经到了吃饭的时间，他妈妈昨晚出去，到现在都没回家，午饭只能他自己解决。

他蹙着眉头看着从窗帘缝隙里透进来的阳光，他实在讨厌夏天，接近四十度的高温让人做什么事情都恹恹的。空调吹得他脑袋疼，电风扇"嗡嗡"的声音又太吵了，只是坐在家里学习，他的后背都能渗出一层汗来。

徐恪钦还得在这种天气里出门买笔芯，而且他的自行车出了点毛病，车胎被路上的玻璃碎片划破了，车链子也总是掉，他犹豫着到底是买辆新的，还是推去巷子口维修。

这种无聊的日子，枯燥、乏味，并且很烦。

徐恪钦抓起桌上的钥匙站起身来，又从柜子里翻出遮阳伞，刚锁上家门，就听到楼下传来"哐当"一声。

他往前走了一步，垂眼朝楼下看去，几人将一个人围在中间，而他的自行车就倒在一旁。

他忽然想起来，他用不着自己顶着大太阳去买笔芯，不是有郭啸吗？

"你完了！"忽然有人高喊了一声，"你把徐恪钦的自行车压坏了！"

郭啸回头看了眼旁边的自行车，前轮确实被压弯了，可刚刚要不是有人推他，他根本不会撞到徐恪钦的自行车。

他没有多解释，反正也没人听他解释，听到徐恪钦的名字时，他下意识地朝二楼看了眼，正好看到徐恪钦居高临下地俯视着他们。

男生冰冷的眼神不带有一丝温度，在这炎炎夏日，让郭啸冷不丁打了个寒战，围着郭啸的几个人也顺着他眼神的方向看了过去，见到徐恪钦站在二楼时，立马作鸟兽散。

"走了走了！"

大家不愿意惹徐恪钦，一是因为徐恪钦的东西很贵，随便一样东西就抵他们父母一个月的工资，碰坏了赔不起；二是这么有钱的人家，会住在化工厂的宿舍楼里，已经够引人非议的，再加上徐恪钦的妈妈老是跟一些陌生男人走在一起，人们总觉得徐恪钦家里的钱来路不正；三是徐恪钦本来就不好惹，长得眉清目秀的，极具欺骗性，揍人的时候却下手特别狠，还会给你来阴的。

别人都跑了，就剩郭啸这个傻子还杵在院子里一动不动地跟徐恪钦对视，不是他不想跑，他就住徐恪钦家隔壁，跑得了和尚，跑不了庙。

筒子楼一侧正对着太阳被晒了一下午，徐恪钦站了不到一分钟，就感觉整个人像是被关进蒸笼里一样难熬。

他朝郭啸勾了勾手指，声调不高不低，刚好传到郭啸耳朵里：“上来。”

郭啸从地上爬了起来，又把徐恪钦的自行车扶正，怀着忐忑的心情往楼上走，楼道里的凉意吹不散他心头的慌张，在拐过二楼拐角时，他看到了徐恪钦有些不耐烦的脸。

“你爬上来的？”徐恪钦被晒得有些沉不住气了，语气很不和善。

感觉到徐恪钦的不耐烦，郭啸想跑快点，一紧张，同手同脚地跑到了徐恪钦跟前。

他磕磕巴巴地解释：“有人推我……我不是故意的……我跟我小姨要了钱……再给你修吧……”

徐恪钦瞥了他一眼，转身开门走了进去。

郭啸没敢跟着进去，伸长了脖子朝里面张望，他在想，徐恪钦不是去拿买自行车时的收据了吧？果然，只把自行车修好肯定过不去徐恪钦那一关。一想到徐恪钦的东西都很贵，郭啸叹了口气，他已经想好去哪里发传单挣钱了。

谁知徐恪钦从房间出来时，手里拿着根用完的笔芯和零钱，他将笔芯和零钱往郭啸面前一递：“去给我买根笔芯，这个牌子，这个颜色，这种笔尖的大小，其他的我不要。”

“哦……”郭啸有点蒙，还是接过了笔芯和零钱，他迟疑了一下，“那……自行车怎么办？”

“把笔芯买回来再说。”

郭啸哪儿敢跟徐恪钦讨价还价，二话不说就往楼下跑，出了化工厂大院，再穿过一条巷子，巷子口就有卖文具的小店。

郭啸不是第一次给徐恪钦跑腿，他早就学乖了，在货架上再三确认，直到找到和徐恪钦想要的笔芯一样的时，他才付钱往回走。

浑圆的太阳像是定位雷达似的，郭啸跑到哪儿就晒到哪儿，一来一回，硬是一点遮阴的地方都没有，跑到徐恪钦家门口时，他已经满头大汗，狼狈至极。

"买回来了。"郭啸喘着粗气将笔芯递给徐恪钦，笔芯的包装纸被他攥得皱皱巴巴，掌心的汗水也沾在了上面。

徐恪钦面露嫌弃之色，连手都没有伸。郭啸明白他的意思，掌心在衣服上擦了又擦，小心翼翼地将包装纸打开，隔着包装纸把笔芯从里面推了出来，徐恪钦这才赏脸抽出笔芯。

郭啸帮徐恪钦做完事，还记得自行车的事，他说："我真不是故意的，是有人推我，我没站稳才压到了你的自行车。"

他是个老实人，不会耍心眼，跟徐恪钦解释，不是为了推脱责任，该赔的他肯定赔，但他不想自己不明不白地让徐恪钦误会。

修自行车没意思，重新买自行车也没意思，在这一刻，徐恪钦脑子里有了别的想法，他瘪了一下嘴，问："谁推的你？"

"啊？"郭啸被他的问题弄得猝不及防。

"你不是说有人推你吗？谁推的你？说出来，就不关你的事了。"

郭啸眨了眨眼睛，刚才人那么多，谁朝他伸手，他还是有感觉的，只是……

"谁？你不知道吗？"徐恪钦咄咄逼人地跟郭啸对视，甚至拿赔偿半威胁道，"我那辆自行车是进口的。"

一听"进口"两个字，郭啸便猜到不便宜。他不敢看徐恪钦的眼睛，抠着衣角，眉头紧蹙，最后磨磨唧唧说出一个名字："康平……他推的我……"

徐恪钦听到答案后，随即垂下眼眸，嘴角露出一丝诡异的笑容。

他折回房间，再出来时，手里拿着东西，说："走。"

"去哪儿？"郭啸低着头仔细端详，徐恪钦猛地站在原地，他这才看清徐恪钦手里的东西，是发票。

徐恪钦回头，眼睛里似乎闪着兴奋的光："你不是说是康平吗？我们去找他。"

郭啸几乎能料到之后发生的事情，他冲到徐恪钦跟前，说："等等……别这样……"

不管怎么说，是自己压坏了徐恪钦的自行车。

徐恪钦笑得很随意，问："你要帮他赔吗？"

说罢，他将发票递给郭啸看了一眼。看到价格时，郭啸吓了一跳，他知道徐恪钦的东西贵，但没想过一辆自行车的价格能到五位数。

看着郭啸吓傻的反应，徐恪钦的笑容更加肆意："赔不起还替人出头，真有意思。"

徐恪钦这人睚眦必报，不会让任何人占一丁点儿的便宜，哪怕是一点鸡毛蒜皮的小事，他都会不动声色地闹得鸡犬不宁，哪怕只是一旁看热闹的路人，都可能被卷进来。

敲开康平家门时，是康平妈妈来开的门，一见是徐恪钦，她脸色不大好，问："有事吗？"

徐恪钦喊了声"阿姨"之后，便说明来意："阿姨，我来跟您算算我自行车的钱。"

"什么自行车？"康平妈妈霍地提高了音量，下一秒就想关门，像是怕被徐恪钦讹上一样。

徐恪钦看着斯斯文文，却比旁边的郭啸还高大一些，他一伸胳膊掰住铁门，手臂上的青筋鼓起，面不改色道："阿姨，躲有什么用？躲就不用赔钱了吗？"

正巧康平从厕所出来，见他妈妈站在门口，还在跟人说话，他凑上前想看看是谁，看到徐恪钦的瞬间，他往后缩了缩。

"干什么啊？"康平的目光游移在徐恪钦和郭啸之间。徐恪钦的出现，不会是什么好事。

主角出场，徐恪钦恨不得马上搭台子让他们演这出戏，他把郭啸往前一拽，说："郭啸，是康平推你，你才压坏了我的车子，对吧？"

康平妈妈掐了康平一把，不等康平说话，她先开口："你都说了是郭啸压的，那你找他啊！"

康平妈妈嗓门很大，左邻右舍都打开门看热闹。

徐恪钦记性特别好，哪怕只是一眼，便能记住刚刚在楼下的是哪些人。

他指了指住康平隔壁的陈修文，说："你刚刚也在下面，谁推的？不是康平的话，会不会是你啊？"

"你神经病啊！"陈修文也嚷嚷了起来，"我就是看看，关我什么事？"

徐恪钦不疾不徐地说："你在场呢，那你说是谁推的？"

整栋筒子楼燥热起来，大家都顶着烈日暴晒，谁都别想全身而退。

陈修文急于撇清关系，说："你说是康平那就是康平呗……"

"你放屁！我还说是你推的呢！"康平反驳道。

徐恪钦往后退了一步，他捏紧拳头，纤细的手指骨节分明，白得发亮的手背上血管格外明显，瞳孔里满是跃跃欲试，语气中难掩笑意："刚刚那么多人在楼下，又不止你俩，还有谁来着？"

顷刻间，楼道里像是炸开了锅，康平和陈修文不停地拉人垫背，把刚刚在楼下围观的人全招了出来。

郭啸和徐恪钦被挤出了人群，郭啸偷摸打量徐恪钦的脸，徐恪钦清秀的面容上，挂着意义不明的笑容，他看不懂徐恪钦，更不知道徐恪钦故意引起矛盾是为了什么。

大家都吵得脸红脖子粗的，终于有人在这个时候站出来说了一句："我们不争了，要怎么赔，徐恪钦你说句话，别弄得全楼的人都杵在这儿晒太阳。"

被点到名的徐恪钦立马提出了两个方案，一是照价赔偿，他们把那辆被压坏的自行车弄走；二是赔原装零件。相比之下，肯定是方案二更能让大家接受。

就在这些家长凑钱的时候，康平爸爸忽然站出来，火冒三丈地指着徐恪钦，说："什么车啊这么贵？你说赔多少就赔多少？"

一群大人稍微冷静下来思考了一下，便觉得这小子太不把大人放在眼里了。另外几家的家长也停下了凑钱的动作，你看我我看你，毕竟几千块钱不是个小数目，这钱谁都不是心甘情愿拿出来的。

突如其来的变故，非但没让徐恪钦慌张，他反倒笑得一脸人畜无害，说："那我们也可以报警。"

"报警"这两个字，听得在场的家长脸都黑了。

在场的人们交头接耳，频频向康平爸爸投去目光，显然他们都以康平爸爸为首，并没有主见。

烈日让季慧秀精致的妆容有些花了，她举着手挡住刺眼的阳光，站在院里往上瞧，四楼围了好些人，她又朝自家方向看去，家门大开着，她先回家看了一眼，徐恪钦没在家，她便踩着高跟鞋往四楼跑。

季慧秀隔着乌泱泱的人群，听到她儿子的声音："各位叔叔阿姨，想好了没，到底是赔钱，还是报警啊？"

季慧秀想知道她儿子又闹出什么幺蛾子，看了一圈，只有杵在人群之外的郭啸能回答她的问题。

"郭啸？怎么回事？"

郭啸老实巴交地喊了声"阿姨"，他个子挺高，人却有点扭捏，说话也吞吞吐吐的："我们……弄坏了徐恪钦的自行车……"

季慧秀一听，拨开人群，先声夺人："赔！谁敢不赔！不赔一个试试！"

有一个徐恪钦就已经够让人头疼了，不知道徐恪钦妈妈又是从哪儿钻出来的，原本犹豫不决的邻居纷纷拿钱消灾，随后骂骂咧咧转身回家，铁门被摔得震天响，楼道里又恢复了先前的平静。

闹剧散场后，徐恪钦脸上的笑容也慢慢淡去，他热得不行，大步朝楼下走去，任由他妈妈追在身后，喊道："徐恪钦！徐恪钦你等等我！"

郭啸不知道该往哪儿去，他杵在四楼好一阵，陈修文隔着自己家的铁门瞪了他一眼，他羞愧地低下头往楼下跑去，经过徐恪钦家门时被徐恪钦叫住。

"把车推到巷子口去修。"

郭啸傻傻地问："啊？我拿去修吗？"

"不然呢？真以为没你什么事了？那也太便宜你了吧？"徐恪钦说话时都懒得去看郭啸，走到饮水机前给自己倒了杯水。

不是说要原装零件吗？郭啸没敢多嘴，老老实实地下楼去给徐恪钦修车。

季慧秀也怕热，但她跟徐恪钦不一样，她贪凉，一回家便打开了空调，见郭啸走远后，关上了家门。

"你何必这么咄咄逼人呢？"家里只剩自己跟徐恪钦，季慧秀收起了那副泼妇模样。

自来水烧开后有股水锈味，桶装的矿泉水又泛甜，徐恪钦哪种都不喜欢。

他摸出手机，在官方网站又买了一辆一模一样的自行车，舔了舔嘴唇问道："那你要钱吗？"

季慧秀脸色一顿，那双勾人的眼睛连眨了好几下。

"现金就这么多，你先拿着吧，才给你的生活费，又没了？"

徐恪钦太了解他妈妈了，如果不是兜里的钱给男人花光了，大白天根本见不着她人影。

季慧秀接过钱后，对刚刚的事情闭口不谈："现在的钱不是钱，花起来跟流水一样，你要是没钱了，还能管你亲爸要，我没钱了，只能指望你啊。"

徐恪钦是私生子，他爸跟他妈就没真正在一起过，他妈妈那会儿年轻，安全措施没做好，等意识到自己怀孕时，已经晚了。徐恪钦就这样不受任何人的期待，来到了这个世界。

他亲爸倒是有钱，但他亲爸是有家庭的人，有老婆有孩子，家里情况复杂，原配能让徐恪钦爸爸拿钱给他已经算是大度了，他也不奢求能到他爸身边生活。

原本有了爸爸给的生活费，他能跟他妈妈换一个环境更好的地方住，只是徐恪钦不愿走，高档的公寓里家家户户都大门紧闭，去了谁也不认识谁，住着太憋屈。

妈妈的话很刺耳，徐恪钦不知道是没听到，还是不愿意接话，他淡淡道："给我煮碗面吧。"

徐恪钦本想着出去买笔芯的时候顺便吃点东西，谁知道闹出那么多事来。

季慧秀在厕所补妆，没看到徐恪钦的表情，敷衍道："你明知道我做饭难吃，就别为难我了，你自己叫外卖吧，我马上要出门了。"

徐恪钦捏着手里的玻璃杯，刚想要重复一遍自己的要求，可紧接着，他就听到了高跟鞋踩在地面上发出的声音，门锁"咔嚓"响了一声。

他回头时，大门里面的木门被打开，铁门虚掩着，他妈妈已经出门了。

阳光被铁门上的铁丝网分割成了光斑，热浪涌了进来，空调的湿冷和热浪的燥热，让徐恪钦愈发上火，手里的玻璃杯被他转了一圈又一圈。

郭啸顶着大太阳把徐恪钦的自行车推到了巷子口，修自行车的大爷忙得不可开交，指着旁边的空地说："放那儿吧，今天可修不好啊，最快得明天。"

几万块钱的自行车在郭啸眼里就是个金疙瘩，就这么摆在路边，他不太放心。

大爷见他还杵在这儿，说："你要是着急就去别处修。"

郭啸怕得罪大爷，谨小慎微道："我回去问问。"

末了，他又担心车丢了，于是打算先推回去，就听大爷在身后嘀咕："我还能偷你一辆破车不成？"

郭啸在心里暗暗反驳，不是破车，可贵了。

回去的路上，郭啸遇上浓妆艳抹的季慧秀，郭啸觉着纳闷，阿姨不是才回家吗？怎么又出门了？

"阿姨好。"

季慧秀赶时间，瞥了一眼满头大汗的郭啸，点头道："嗯，修车呢。"

季慧秀早就忘了这是她儿子的车，看到郭啸时，她又想起徐恪钦让她做饭，赶忙把郭啸叫住，说："郭啸，帮忙给徐恪钦带碗小馄饨回去吧，他还没吃饭。"

说罢，季慧秀从包里拿出一张五十元的现金，说："你吃饭了没？没吃你也买一碗。"

别说吃饭，小姨不在家，郭啸连家门都进不去，给徐恪钦带小馄饨倒是没问题，他自己就不用了。但是季慧秀走得太快，郭啸晃个神，对方都已经走到路口在等出租车了。

现在正是太阳最毒的时候，刺眼的光线叫人睁不开眼睛，郭啸身上的衣服都湿透了，他一边推着坏了的自行车，一边买馄饨，担心馄饨坨了回去时还加快了脚步。

郭啸刚走到徐恪钦家门口，便察觉到了凉意，一股股冷气从铁门的门缝里往外冒，他把脸贴在铁门上，费力地朝里张望，没看到徐恪钦的人影，找了半天，才在沙发附近看到了一截修长的腿。

有人站在门口，将门外的光线挡了大半，影子都映到了地板上。徐恪钦早就察觉到有人，他只是懒得出声，懒洋洋地靠在沙发上，直到铁门发出碰撞声，他才不耐烦道："谁呀？"

"徐恪钦，我……郭啸……"

徐恪钦家里的门没锁，郭啸从铁门栏杆中间伸手，从里面将门打开。

"不是让你修车吗？"

不知道为什么，郭啸觉得徐恪钦心情不是很好，说："我回来问问你，修车的老头说今天修不好，最快要明天。"

怎么会有这么迟钝的人，今天修不好，那就明天修，回来问他有什么用？他自己又不能修。

徐恪钦看到郭啸晒得黑里泛红，汗水顺着额头往下滴落，汗珠挂在睫毛上，一副眼睛都睁不开的模样。他垂下眼睛，正好瞥到了郭啸手里的食品袋，郭啸也识相地将食品袋放到桌上，解释道："阿姨说你没吃饭，让我给你买的。"

听到这话，徐恪钦终于肯拿正眼瞧郭啸了，他起身从厨房拿了双碗筷，强压着对食品袋的嫌弃，扯开袋子后，将打包盒里的小馄饨倒了出来。

"明天就明天吧。"

郭啸得到指令，从兜里掏出买小馄饨剩下的钱，赶忙往楼下跑。

徐恪钦看了眼皱皱巴巴的零钱，嗤了一声。只有郭啸这个傻子这么老实，还会把找零的钱给他，就算郭啸不说，他妈妈也记不得这些鸡零狗碎的小事。

欺负郭啸，比欺负院里任何一个人都有意思，院里的人都把郭啸当傻子，排挤郭啸的人不少，自己主动和郭啸说上一句话，他恨不得倒贴上来。

这院里有多少人不待见自己，郭啸不知道？还敢跟自己走得这么近。

徐恪钦吃完馄饨，直接关了空调，拿上换洗的衣服进厕所洗澡，他今年高二，还有一年时间，就能结束无聊的高中生活。

季慧秀早就跟他说过，等他成年，他俩最好不要再住在一起了，他妈妈有个男朋友，不想因为徐恪钦的存在，妨碍到自己的情感生活。

至于徐恪钦爸爸那边，他觉得亏欠了徐恪钦，在金钱上从不吝啬，甚至为他想好了以后的出路，只要徐恪钦愿意，随时都可以出国留学。

没什么负担的徐恪钦，学习成绩很好，他也考虑过将来读什么专业，去哪个城市，要不要出国。他的人生，大概真的只有到成年那一刻，才会重新开始。

为了一辆自行车，郭啸在烈日下来回折腾，修车老头看他汗流浃背的也没了脾气，说："你这小子真是闲得慌，想修就搁那儿吧，明早来拿。"

郭啸总算是把徐恪钦交代的事情办好了，这才松了口气，注意力从自行车上移开后，突然觉得嗓子又干又涩。他渴得要命，可兜里一毛钱也没有，家又回不去，只能杵在徐恪钦家门口，眼巴巴地朝里面张望。

里面的木门没关，隔着铁门，冷气的强度减弱了不少，没有听见空调外机轰隆隆的响声，郭啸猜徐恪钦肯定是关空调了。

关了也比晒太阳强，郭啸想找徐恪钦要杯水喝，他朝墙边看去，徐恪钦没在沙发上，他又看了眼房间的方向，静悄悄的，里面好像没有人，倒是厕所的灯亮着。

忽然，厕所的门响了一声，紧接着，门从里面打开，从水蒸气中走出一个人，是徐恪钦。

徐恪钦趿拉着拖鞋，穿着乳白色的短裤短袖，整个人湿漉漉的，还冒着热气。

不管多热的天，徐恪钦出门在外都习惯穿长裤，身上见不到光的皮肤白皙得不像话，洗过热水澡后，还泛着点点红润。

因为皮肤白，模样又漂亮，所以总会给人一种错觉，不熟悉的人对徐恪钦的第一印象就是书生气很重，看着挺柔弱的。

但郭啸知道，徐恪钦会一个人晨跑，一个人打球，身上的肌肉很结实，拳头的分量也不轻。

"你干什么？"徐恪钦拿着毛巾擦头发，刚洗过澡的他，语气一如既往地冲，但脾气没那么大。

郭啸舔了舔嘴唇，他不敢跟徐恪钦提要求："自行车推去修了……"

"还有别的事吗？"徐恪钦走到门口，顺手将铁门打开，跟郭啸面对面说话。

高中男生正是发育的时候，郭啸觉得自己的个子不算矮，但徐恪钦比他还高了一点，光是从身高，徐恪钦就给人十足的压迫感，更别说他自带的冷飕飕的气场。

"没……"郭啸不敢开口。

徐恪钦余光瞥了隔壁一眼，今天是星期六，他记得是郭啸小姨父休息的日子，这傻子是不是又被赶出来了？

郭啸是前几年搬来他们这幢楼的，听说是父母出意外过世了，只有小姨这么一个亲戚，原本郭啸的小姨父不想收留郭啸这个累赘，但是又觊觎人家父母那点儿死亡抚恤金，郭啸的小姨跟她老公约法三章，要把郭啸养到成年，剩下的抚恤金才能给他。

郭啸的小姨父没什么大本事，唯利是图，自私自利，俨然一副小市民嘴脸，跟楼上楼下的邻居关系也不好。

郭啸算是寄人篱下，小姨在家的时候，有人照顾他吃饭上学；小姨不在家的时候，小姨父嫌他烦，便把人撵了出来。

"进不去？"徐恪钦不咸不淡地问道。

郭啸点了点头，徐恪钦能跟他说话，他的胆子便大了点儿，问："徐恪钦，我能在你家喝口水吗？"

看在郭啸给自己买小馄饨的分儿上，徐恪钦给他让出一条道来。

幸亏徐恪钦家里用的是饮水机，有现成的塑料杯在机器下面的箱子里，不然郭啸还不好意思用人家的水杯。

郭啸的块头看着挺大，但是寄人篱下多年，他不管在外面，还是在家里，都唯唯诺诺的，看人脸色已经成了他的必修课。

徐恪钦站在郭啸身后，脑子里闪过一个念头，他开口道："去敲门啊？"

郭啸被呛得直咳嗽，捏着塑料杯无措地站在原地，说："啊……我小姨父在睡觉……我等我小姨回来就好……"

"总不能睡一天吧，你小姨下班还得几个小时，你要在外面站一下午？"

郭啸没地方去，身上又没钱，被晒得受不了了，就会躲到楼道里，他们这栋楼正对阳光，楼道里也凉快不起来。

但他绝对不敢去敲门，晒就晒吧，总比挨小姨父的骂强。

他没说话，用无声的方式来回答徐恪钦的问题——他不想去敲门。

徐恪钦看他这副窝囊样觉得没劲，顺手将毛巾扔到了沙发上，说："要等你出去等。"

郭啸不奢望徐恪钦能让他在家里待一会儿，所以在徐恪钦撵他的时候，他也没觉得多失望，又跟徐恪钦要了一杯水后，就从人家家里退了出去。

第一章　任人欺负的小尾巴

一下午的时间，郭啸就坐在楼道里打瞌睡，睡醒了又起身活动活动手脚，小姨家的门一直没开过，他还偷偷摸摸去看过徐恪钦在干什么，客厅里空荡荡的，徐恪钦应该是在房间里学习。

下班回家的成曼婉在楼道里碰上郭啸一点也不意外，对此她已经见怪不怪了，一边掏钥匙，一边让郭啸起来回家。

"小姨。"郭啸猛地站起来。

不是成曼婉不心疼外甥，为了郭啸的事情，她和她老公祁飞吵过很多次，太护着郭啸也不是好事，她索性对郭啸被赶出家门的事情视而不见，男孩吃点苦也没什么。

"小姨。"趁着还没进家门，郭啸赶紧跟小姨说自行车的事情，"我把徐恪钦的自行车压坏了，他找其他邻居赔了钱，我是不是也要给他一些？"

成曼婉站在原地，没有着急回家，说："多少钱啊？赔给人家。"

她知道徐恪钦的东西贵，从包里拿出几百块钱塞给郭啸，小声说："不够你再跟我说，别让你小姨父知道。"

不是她不给郭啸零用钱，郭啸好欺负，才来这里的时候，身上只要有一点零花钱，院里那些大孩子就拿他当冤大头，一块几毛都能全要走。

后来，吃的用的她都给郭啸备好，郭啸也懂事，实在有用钱的地方，才会跟自己开口。

成曼婉想着已经到了徐恪钦家门口，不如自己开口问问，她敲了敲徐恪钦家的门，很快，徐恪钦从房间里走了出来。

对别人都阴阳怪气的徐恪钦，对郭啸的小姨态度还算客气一点，他开口道："成阿姨。"

"我听郭啸说，他弄坏了你的车是吗？多少钱？阿姨赔给你。"

徐恪钦扫了郭啸一眼，说："不用了，已经让他推去修了。"

能让郭啸推去修，肯定是去巷子口的修车师傅那儿，花不了多少钱。

等徐恪钦进去后，成曼婉才开口问郭啸："给你的钱，你是不是拿去修车了？还没吃饭？"

一听到"吃饭"两个字，郭啸的肚子不争气地叫了一声，他确实没吃饭，但不是因为修车。

"修车的钱还没给呢，钱在卧室的抽屉里，我出来的时候忘了拿。"后面想回去拿又进不去，所以才饿肚子的。

成曼婉又多给了郭啸一点钱，嘱咐道："修车的和饭钱，别弄丢了，自己收好，丢了的话，要么饿肚子，要么没钱修车。"

最后成曼婉又多说了一句："长点记性，别这么毛毛躁躁的。"

就在郭啸琢磨这句"长点记性"是指钱的事情，还是徐恪钦车的事情时，小姨已经将门打开了。

小姨父躺在客厅的沙发上打盹，听到声音，才迷迷糊糊地睁开眼睛，说："回来啦。"

他对把郭啸锁在门外的事情丝毫不放在心上，理所当然地问了一句："晚上吃什么？"

成曼婉懒得跟他吵，还操心郭啸饿肚子的事情，放下包转头便进了厨房，留郭啸跟祁飞在客厅面面相觑。

"瞪我干什么？"祁飞举手，作势要打郭啸，郭啸缩着脖子，跑回了房间。

第二天，郭啸起了个大早，今天他小姨在家休息，他不用担心被锁在外面，拿着钱去取徐恪钦的车。

等他兴冲冲地叫徐恪钦下来看自行车的时候，徐恪钦淡淡道："我不要了。"

"啊？修好了……"郭啸有点蒙，几万块钱的东西说不要就不要了？又不是不能用。

徐恪钦准备出门晨跑，不耐烦道："你想要你就推去，我已经买了辆新的。"

虽然徐恪钦说那辆自行车随便郭啸处置，但是郭啸不敢推来骑，不管徐恪钦还要不要，他都不能随随便便收人家那么贵重的东西。

周一又得上课，郭啸出门时，特意看了眼徐恪钦家的门。铁门紧闭，估计人已经去学校了。

郭啸几乎是踩着早自习的铃声进入教室，他偷摸看了眼最后一排的位置，徐恪钦早就坐在座位上看书了。

郭啸觉得自从将自行车修好还给徐恪钦后，对方就开始不搭理他了。这种感觉很微妙，他没法找到徐恪钦不理他的蛛丝马迹，只能凭感觉。

徐恪钦没有关系不错的朋友，他和郭啸同班，和班上任何人都走得不近，偶尔能和郭啸说话，也只是因为他俩住得近。

教室里响起朗朗的读书声，郭啸和徐恪钦的座位之间隔了一条过道，郭啸还是想厚着脸皮问问徐恪钦，那自行车该怎么办，他自己拿不准主意。

"徐恪钦……"郭啸声音不大，但是他有明显的侧身动作，徐恪钦肯定能听到的。

刚好，徐恪钦的前桌拿着书转了过来。前桌是个腼腆的女生，叫汪月姗。

汪月姗指着试卷上的一道题，脸颊涨红，柔声问徐恪钦："徐恪钦，这道题怎么做？"

徐恪钦几乎是个没有短板的人，样貌好，学习好，虽然家庭背景复杂，但是家境殷实，至少平时他在吃穿用度上已经远超同龄人。无论在生活上，还是在学习上，他不会有求于任何人，所以总给人以高冷的感觉。

徐恪钦盯着早读课本，没抬头也没说话。

汪月姗以为徐恪钦没听见，稍微提高了音量，又问了一遍："徐恪钦……"

没等汪月姗反应过来，徐恪钦抬着眼瞥了她一下，说："不会就问老师，别耽误我早自习的时间。"

早读声没有持续太久，仗着没有老师在，班上的同学很快交头接耳地说起了话，就在汪月姗第二次喊徐恪钦的时候，教室里忽然安静了下来。

徐恪钦不高不低的声音，被全班人听得清清楚楚，不少人朝汪月姗投来了打量的目光。汪月姗的脸红得像是能滴出血来，她咬着嘴唇，在众人的注视下艰难地转身。

一旁的郭啸见状，连忙坐好，丝毫不敢跟徐恪钦提自行车的事情。

同学的议论声在老师进教室时戛然而止，老师手里拿了一沓上周测验的试卷，公布成绩时徐恪钦还是第一名。

老师这节课没有讲题，就上次测验的成绩做了一节课的总结，大概的意思是，他们只有一年时间就要高考了，现在努力还来得及。

郭啸的成绩上不了台面，他不知道怎么提升，小姨对他也没有高要求，只要他平平安安的就够了。

听到下课铃时，郭啸顺手将不及格的试卷塞进了课桌里，起身想要去上厕所，经过汪月姗旁边时，发现她把脸埋在胳膊里，趴在桌上一动不动。

他有点同情汪月姗，小姑娘脸皮薄，哪儿受得了那样的对待？

同情归同情，郭啸自知帮不了她什么，出了教室后，赶紧朝厕所跑。

学校的厕所备受学生摧残，尤其是厕所门，简直是重灾区，门摇摇欲坠地挂在门框上，像是随时都能掉下来的样子，水龙头也出了问题，郭啸洗手时，被水喷了一身。

幸好他小姨会给他备卫生纸，他一边掏卫生纸，一边朝外面走，没想到在走廊又碰上了汪月姗。

汪月姗眼睛湿润，眼角泛红，看起来刚刚哭过。

郭啸在想，徐恪钦肯定是心情不好，平时哪怕不想跟别人多交流，也只是淡淡敷衍一句"不会"，不会像今天这样让一个女生当众下不来台。

他脑子一热，顺手将纸巾递给了汪月姗。

汪月姗诧异地张着嘴，接过纸巾后还没来得及说谢谢，郭啸已经大步朝教室走去。

汪月姗是上课铃响后才进教室的，她经过郭啸身边，轻声说了句"谢谢"。

郭啸没反应过来，说："嗯？哦……"

很少有女生会主动跟自己说话，郭啸有点不适应，他抓了抓脖子，去拿课本，一侧头，就看到徐恪钦托着腮帮子，面朝他这边。

徐恪钦打量的眼神，让郭啸觉得不太自在，只能装作没看到。

郭啸挺想在班级里做个边缘人物，可这件事由不得他，他是软柿子，有无聊的同学想起他这号人物的时候，就会把他推到人前当成猴子耍。

这也是徐恪钦和其他同学的不同之处，哪怕让自己出丑，也只会在徐恪钦一个人面前出丑。

不管徐恪钦怎么想，在郭啸心里，他挺想抓牢徐恪钦这个唯一的"朋友"。

所以，在被冷落好几天后，郭啸有点受不了了，晚上放学时跟在徐恪钦身后，主动跟他说话："徐恪钦，那个自行车我不能要。"

新买的自行车都快到货了，徐恪钦早就把旧的抛到九霄云外去了，随口说："那就扔了。"

"那怎么行啊？修好了，可以用的。"

这世界上的人可真古怪，没钱的时候，拼命干一辈子，就是为了钱，有人给他的时候，又为了可笑的尊严端着，明明心里很想要，嘴上却要拒绝。

一辆自行车罢了，郭啸要与不要，都不会影响他在徐恪钦心里的形象。

他懒得跟郭啸废话，径直朝前走去。

自行车的事情暂且不谈，郭啸紧追其后，说："你是不是在生气啊？最近都不理我。"

徐恪钦霍地停住脚步，回头看郭啸的眼神有些古怪。郭啸凭什么说他生气？他生什么气啊？他俩关系很好吗？自己为什么非得理他？

这些日子郭啸自我反省了一番，思来想去，徐恪钦应该不是因为自行车的事情生气，自己唯一没有顺着他意思做的，只有没去敲门。

"其实我能不能进屋都没事，等我小姨回家就行了。"郭啸自说自话，他觉得如果是因为这件事的话，徐恪钦还挺关心他的。

徐恪钦觉得莫名其妙，自己心情不好，是因为这周周末要跟爸爸一起吃饭，既然郭啸自作多情，自己听他解释解释，就当是消遣了。

"还有那个自行车……你还是推回去吧……"

"我跟你说过我已经新买了一辆，你实在不知道该怎么办就扔了，我一个人也骑不了两辆自行车。"

本着废物利用的原则，郭啸听了徐恪钦的话，勉强接受了自行车。

他们一起走回家，路上郭啸时不时说几句话，也不管徐恪钦搭不搭理他，气氛还算愉快，他琢磨着徐恪钦应该不生气了。

徐恪钦能消气，郭啸别提多高兴，到家门口时乐呵呵地摸钥匙。今晚他小姨值班，他带了钥匙，不会被关在门外，可钥匙插进钥匙孔里却怎么都拧不动。

徐恪钦刚好打开家门，见郭啸进不去，他也不着急回家。

"我……"郭啸扶着铁门，有些窘迫，门好像从里面反锁了。

徐恪钦站在一旁看戏，怂恿道："不敲门？"

郭啸很尿，但是他知道，现在不是白天，等的话要等整整一个晚上。

"要不然打电话给你小姨？"

郭啸摇头，说："我小姨在值夜班。这个时间叫她回来，会给她添麻烦。"

徐恪钦不置可否："真不敲门？"

"敲了也不会给我开的。"郭啸挺有自知之明，他眼里带着央求，对徐恪钦说道，"能不能让我在你家待一会儿？"

他的说法很保守，希望这"一会儿"的时间，不会打扰到徐恪钦。

徐恪钦不近人情，问："凭什么？"

郭啸张了张嘴，最后又讪讪地闭上。果然，徐恪钦没拿他当朋友，那算了吧，他不会强人所难。

徐恪钦见郭啸吃瘪的模样，脑子里忽然冒出一个想法，他向郭啸提出了一个两全的办法："要不然你敲门试试，进不去的话，我再考虑让你来我家。"

郭啸不说话，似乎在犹豫。徐恪钦不想跟他耽误时间，作势要进屋去。

"哎！"郭啸一着急，把徐恪钦拦了下来。

徐恪钦饶有兴致地看着他，像是在问他怎么还不去敲门。

不敲门意味着他不光进不了家门，还会被徐恪钦冷落；敲了门，即便进不去，还能去徐恪钦家里过夜。

郭啸心一横，举起手拍在了铁门上，说："姨父……你在家吗？"

不管他怎么小心翼翼，怎么控制力道，手掌拍打在铁门上，还是会发出"哐哐"的声音。

他只是多拍了两下，里面就传来怒骂声："吵老子睡觉，你想死啊！"

郭啸一缩脖子，赶紧将钥匙拔了下来，往后退了几步，做好随时逃跑的准备。

门猛地从里面打开，祁飞顶着个鸡窝脑袋，凶神恶煞般出现在门前，怒道："滚！"

祁飞只说了这么一个字，甚至连铁门都没有打开，最后重重将里面的木门摔上，巨大的响动震得门框上的墙灰都簌簌往下落。

郭啸被墙灰呛到后轻咳了几声，有些尴尬地杵在原地。人都是有尊严的，即便是郭啸这么卑微的人，在徐恪钦面前出丑，他还是会觉得难为情。

徐恪钦没有食言，往旁边站了一步，给郭啸留出了一点位置，又朝客厅偏了一下脑袋，说："进来吧。"

郭啸抬起头，感恩地看着徐恪钦，跟着他进了家门。平时没人邀请他去别人家玩，即使徐恪钦家算是他来得最频繁的，今晚也是第一次留宿。

他看到两间卧室都黑漆漆的，问："阿姨不在家吗？"

徐恪钦背对着他顿了顿，没有回答他的问题，径直走进了卧室。

郭啸意识到自己可能是说错话了，没有继续就"徐恪钦妈妈"的问题聊下去，他抱着书包在客厅里来回踱步。

像他这样寄人篱下的人，能有地方待已经很满足了。他知道徐恪钦是个好人，没有看上去那么难以相处，即便是难以相处，只要自己以真心相待，就一定能感动到对方。

等到徐恪钦从房间出来时，郭啸连忙迎了上去，说："徐恪钦，谢谢你……"

徐恪钦手里拿着枕头和薄毯，现在这样的天气，晚上什么都不盖，也不会冷到哪儿去。他指着沙发，说："你睡这儿。"

郭啸忙不迭点头，说："你人真好，你也没别人说的那么坏。"

"哦？是吗？"徐恪钦将手里的东西扔到沙发上，"怎么个好法？"

听到郭啸的评价，徐恪钦觉得很有意思，在一个傻子心里，衡量一个人好坏的标准是什么？难道自己收留他住一晚就算是好人？

"就是很好啊。"郭啸的表达能力很差，不仅说话磕磕巴巴，词汇量也少得可怜，"我没有别的朋友，你对我最好了。"

徐恪钦不仅没有让自己赔自行车，还将修好的自行车送给自己，今晚还允许自己留宿，除了父母跟小姨，还没人对自己这么好过。虽然有时候徐恪钦说话的语气很冷淡，但是他对谁都冷淡，而且没有特别针对自己。

朋友？

徐恪钦有点意外，没人跟他说过这个词，他也没有能称之为朋友的人。

"朋友？"

被反问之后，郭啸有点不太肯定了，他觉得是他自说自话，说不定在徐恪钦心里压根不承认他这个朋友。他凭什么跟徐恪钦当朋友？他既没什么本事，又没钱，也帮不了徐恪钦任何事。

徐恪钦嘴角勾起弧度，眼神直勾勾地看着郭啸，脑子里像是在想什么事，随后道："对，我们是朋友。"

下一秒，郭啸眼里的局促渐渐变成了欣喜，似乎比听到徐恪钦让自己住一晚的消息还让他高兴。

徐恪钦不屑与任何人当"朋友"，郭啸不一样，郭啸是真的很可怜。没了父母不说，唯一对他好的人是小姨，可惜有个混账小姨父，他在家里的处境算得上是水深火热。

郭啸确实傻，同龄人最喜欢抱团排挤傻子，好像谁跟郭啸划清界限的速度慢一步，就会被傻子牵连一样，孤立郭啸成了"正常人"该做的事。

没有朋友，又缺少亲人的关爱，郭啸的孤独可想而知。所以，当徐恪钦稍微向他伸手，他都分辨不出到底是戏弄，还是真心想要帮他，就会糊里糊涂地想要跟徐恪钦示好。

人缺什么，就无比向往什么，徐恪钦什么都不用做，一个"朋友"的名头，足以让郭啸为自己肝脑涂地。

说罢，徐恪钦把郭啸丢在客厅，进厕所洗澡去了。

郭啸在听到徐恪钦亲口承认他俩是朋友之后，那辆让他受之有愧的自行车，他终于能心安理得地接受了。在小姨问起他怎么骑徐恪钦的自行车时，他也老实地跟小姨坦白了。

小姨听后，执意要给徐恪钦钱，就当是把自行车买来给郭啸用。可徐恪钦怎么都不收钱，说如果小姨不安心的话，就当是他借给郭啸骑的。

徐恪钦三番两次拒绝收钱，小姨也不好意思硬塞。郭啸他们学校门口没有停自行车的地方，就是平时闲来无聊骑着玩，用的次数不多，郭啸爱惜一点不弄坏，小姨也没什么意见。

车主没意见，郭啸家里没意见，筒子楼里那些赔钱给徐恪钦的人有意见了。

他们有意见也不会当着徐恪钦的面提，只是在背地里阴阳怪气郭啸。他们本就不喜欢郭啸，郭啸又跟徐恪钦走得那么近，那天又是他带着徐恪钦来要钱的，大家排挤郭啸的程度就更加厉害了。

郭啸虽然傻了一点，但人家不喜欢他，他还是有感觉的。

他不明白，自己又哪儿得罪人了，跟着徐恪钦一起上学时，还有些不高兴。

这傻子有什么想法都写在脸上。徐恪钦随口一问："怎么了？"

"康平他们又不搭理我了……"

徐恪钦觉得好笑，说："他们什么时候搭理过你吗？"

郭啸语塞，徐恪钦紧接着道："使唤你算搭理你？"

像郭啸这样的人，会把别人的使唤和取笑，当作和别人亲近的唯一筹码。既然谁都能欺负郭啸，徐恪钦觉得他作为郭啸的"朋友"，当然要有"朋友"的特权。

他忽然站在原地，认真地看着郭啸，说："你没看出来吗？他们没人愿意搭理你，搭理你的时候，也不过是让你跑跑腿，几个人凑在一起把你当猴耍，楼里谁家东西坏了，不是总让你背黑锅吗？"

徐恪钦几句话把郭啸说得哑口无言，不是郭啸没看出来，只是他更愿意欺骗自己，当徐恪钦毫不留情地扯下他最后的遮羞布时，他难堪地僵在原地。

"他们对你不好，为什么还去讨好他们？"徐恪钦的手按到了郭啸的肩膀上，"你不是只有我一个朋友吗？你跟我好不就行了？"

郭啸心里沉甸甸的，他打从心底觉得，徐恪钦说的是对的，不管自己把姿态放得多低，没人会真正地对他好。

徐恪钦会吗？徐恪钦好像跟别人不太一样。

他看着徐恪钦真诚的眼神，鬼使神差地点了点头。

周五不上晚自习，下午上完三节课就能放学，教室里的学生早就心潮澎湃，连班主任的课都听不进去。

下课铃一响，大家争先恐后地往外跑，只有徐恪钦在不紧不慢地收拾东西。徐恪钦不着急，郭啸也不着急。

等到收拾好书包后，徐恪钦才不咸不淡地对郭啸说道："你自己回去吧，我还有别的事。"

"啊？你不回家啊？去哪儿啊？"

徐恪钦看了他一眼，没回答郭啸的问题，郭啸也没问第二遍。

一个人回家多少有点落寞，经过徐恪钦家门口时，郭啸隐约听到里面有声音，他没有多停留便直接回了家。今天小姨休息，还等着自己吃晚饭。

他一进门便听到小姨父的声音："我看季慧秀带着个男人进屋了，一个月不知道要换多少男人。"

小姨听到动静，从厨房出来，见郭啸回来了，连忙让祁飞不要再说下去了："别在小孩面前胡说。"

祁飞可不在乎什么小孩不小孩的，他知道郭啸跟徐恪钦走得近，还特意点郭啸的名："小子，你跟隔壁那小子走得挺近，没听说他妈的事情吗？"

成曼婉提高了声音，喊了声"行了"，连忙将郭啸推进了房间，说："写会儿作业，吃饭的时候叫你。"

隔壁一直没有动静，也没有人出来，郭啸吃了饭，又盯着没写完的作业发了一会儿呆，文字一多，他的眼皮就跟着打架。

突然从隔壁传来"轰"的一声巨响，像是玻璃破碎的声音，稀里哗啦的，把郭啸的睡意都吓没了，没等他反应过来，就听到徐恪钦的声音。

"滚出去！谁叫你带别人来家里的！"

徐恪钦回来了？

郭啸跑出去看时，已经有不少邻居打开门看热闹，徐恪钦家门前站着他妈妈和一个陌生男人，徐恪钦应该是站在门里，郭啸没看到他的身影。

　　徐恪钦妈妈穿着还算正经，只是一旁的男人连上衣都没来得及穿，正慌忙地系裤子上的皮带，脸颊像是被打了一拳，肿得老高。

　　有些喜欢凑热闹的男人，还明目张胆地凑到徐恪钦的家门口，交头接耳。

　　郭啸原本也想出去看的，在看到其他人的反应时，他本能地停下脚步，往后退了一步。

　　平时抬头不见低头见的邻居，在这种时候是抱着劝架的心态吗？不是，他们是幸灾乐祸，他们看热闹不嫌事大，没有起哄都算好的。

　　郭啸也被人说过闲话，他知道被人当成笑话看的感受，更何况徐恪钦的性子那么要强，即便徐恪钦没有跟自己说过任何心里话，他也能感同身受。

　　小姨见他杵在门口，伸手把他拉了回来，说："没什么好看的，写你的作业去。"

　　季慧秀早就不是什么脸皮薄的小姑娘了，被这么多人围观，她很快收拾好心情，拢了拢耳边的头发，故作镇定地说："你怎么还动手啊？"

　　她知道徐恪钦不喜欢其他男人来家里，她错开时间，趁着徐恪钦找他爸爸的时候，才叫人来家里，只是忘了时间，才跟徐恪钦撞上。

　　一旁的男人穿好了衣服，他和季慧秀不一样，他是要面子的，哪怕周围的人都不认识他，他也觉得颜面尽失。

　　男人拍了拍裤子，朝门里瞪了一眼，大概是打在脸上的这一拳让他心有余悸，他没敢跟徐恪钦硬来，撞开季慧秀后气冲冲地离开了。

"哎！"季慧秀见男人离开，连忙追了上去，只留下徐恪钦一个人面对众人的戏谑。

好多人都还记着上次给徐恪钦赔钱的事，心里不痛快，陈修文的爸爸率先开口。

"徐恪钦，你妈真行啊。"

"哼。"一旁的康平爸爸早就看不惯季慧秀的作风，"楼里的风气就是被这种人给败坏的，简直不知检点。"

徐恪钦没有反驳，只是面无表情地看着他俩。

看热闹的人迟迟不肯散去，康平爸爸想趁着这个机会，打压一下徐恪钦。

"徐恪钦，我作为长辈得说你两句，你跟你妈住在这栋楼里，好歹得顾及大家的感受，大半夜闹得尽人皆知，不仅影响不好，也耽误大家休息。"

徐恪钦垂下眼睛，淡淡道："跟狗一样闻着味儿就来了，也没人叫它，它生怕赶不上热乎的，叫得比谁都欢。"

说罢，徐恪钦"哐"的一声将门摔上，外面的大人面面相觑，等反应过来他是在骂他们的时候，脸都涨得通红，陈修文爸爸气得直砸门。

闹剧没有持续太久，季慧秀这个闹剧的主角不在，徐恪钦又不出来，楼道里很快便安静下来。

筒子楼里的隔音效果一般，外面那么大的阵仗，郭啸哪怕在房间里也能听得一清二楚，他跑到窗台上，想看看徐恪钦的情况。

可惜窗外有防盗网隔着，他费了好大的劲儿，连脖子都抻僵硬了，就只看到个冰冷的窗框。

楼里的人针锋相对时，像是有什么深仇大恨一样，每个人说话都很难听，话里藏着刀子，刀刀捅到对方的要害。

郭啸来城里也有几年了，他还是不能习惯城里人的一些相处模式。他爸妈都是淳朴老实的农民，从小教育他与人为善，和人相处时，哪怕自己吃点亏都行，真诚待人总不会错的。

第二天一早，郭啸照常等徐恪钦一起上学。徐恪钦表现如常，好像并没有受昨晚的事情影响。

郭啸没有安慰人的本事，但他也不会去揭人家的伤疤，对昨晚的事情只字未提。

学生上课的时间比一般大人工作的时间要稍微早一点，出了巷子口，就能看到很多中学生。

这个时间开门的店铺，大多数是早餐铺子。小姨昨晚给了郭啸饭钱和剪头发的钱，郭啸说："我去买两个包子。"

不一会儿，郭啸再次出现在徐恪钦面前。

"喏。"他还顺便给徐恪钦买了两个包子，"我头发太长了，再不剪的话，老师肯定不让我进校门。中午我剪完头发再去吃饭，需要我给你带饭吗？"

隔着蒸气，徐恪钦能看到郭啸真诚的表情。他额前的头发确实有点长，都挡到了眼睛，要是再邋遢一点儿就像是一个流浪汉。

徐恪钦接过包子在手里掂了掂，他回道："中午再说吧。"

"学校后门那家发廊便宜，学生去还给打折呢。"

徐恪钦默默听着，郭啸口中的"学校后门"不单单是从后门出去就能到的，中间得绕过一个公园和小区，如果横穿小区能快点儿。

午饭时，徐恪钦没着急去吃饭，郭啸见他一个人坐在教室，大胆问道："你要跟我一起去吗？"

自己不能为徐恪钦做什么，陪着徐恪钦倒是可以的。

等郭啸剪完头发再给自己带饭，那也太晚了，正好去外面看看有什么吃的，徐恪钦答应了下来。

中午正是太阳最大的时候，幸好从小区里穿过时有房子能遮阳，不大一会儿，他们便到了郭啸所说的发廊。

发廊门前的三色柱滚动，玻璃门虚掩着，还未走近便听到空调外机轰隆隆的声响。

郭啸推开玻璃门先走了进去，店里没有客人，洗头小妹昏昏欲睡地躺在沙发上，听到开门的声音，她才浑浑噩噩地站起来。

"剪头发？"

郭啸抓了抓脑袋，说："剪短一点儿。"

一看对方是学生模样的人，洗头小妹的兴致下去了大半，瘪了瘪嘴，目光越过郭啸的肩头，见他身后还跟了一个长相挺出众的人，洗头小妹又清了清嗓子问道："你俩都剪吗？"

"就我剪。"

洗头小妹有些失望，拍了拍旁边的椅子，说："坐吧。"

徐恪钦找了个角落的旋转椅坐下，托着腮帮子，低头把玩着手机。

洗头小妹手上的动作飞快，碎发簌簌往下落，郭啸不敢怒也不敢言，眯着眼睛，掉进眼里的碎发差点儿给他弄出眼泪来。

他这副滑稽的模样，把洗头小妹看笑了，剪头发的动作也温柔了不少，还跟郭啸说话："你是一中的学生？"

"嗯。"郭啸抿着嘴唇，大气都不敢出。

洗头小妹丝毫不客气，说："跑这么远来剪头发，就为了打折吧？真有你的。"

郭啸笑得很憨，他本来就没什么钱，也不愿意打肿脸充胖子，坦荡地承认了。

"好了，进去冲一下。"

徐恪钦瞥到镜子里的郭啸时，目光稍微顿了顿，郭啸的头发被剪成了板寸，脑袋浑圆，露出来的眼睛炯炯有神，嘴唇紧闭，比平时邋里邋遢的模样精神了不少。

印象中，郭啸好像没剪过这么短的头发，就连郭啸自己也有点意外。他摸着脑袋，短发扎着他的掌心，他嘟囔了一句："这么短啊……"

"啥？"洗头小妹刚打开水阀，水声淹没了郭啸的声音，她没听清楚。

她声音一高，郭啸就怂了，心想短就短吧。他不敢再提出异议，头摇得跟拨浪鼓似的。

从发廊出来，郭啸觉得有点对不住徐恪钦，让徐恪钦饿着肚子等他这么久。更让他意外的是，徐恪钦没有任何怨言。

徐恪钦的脾气比他想象中的要好太多。

剪头发已经花了不少时间，再加上吃午饭，早就没有了午休时间，两人回到学校时，已经有不少同学到了教室。

他俩刚走到教室门口，听到一个熟悉的男声在跟人说话，原本他俩没在意，只是那人忽然点到了徐恪钦的名字，所以当徐恪钦停下脚步时，郭啸也跟着他停了下来。

"你们是没跟我们住在一栋楼，还不知道徐恪钦家里的事情……"仔细听这人的声音，不难猜出是康平。

郭啸心里一紧，他怕徐恪钦会冲进去打人，他偷看了徐恪钦一眼，徐恪钦只是垂着眼睛，一动不动地看着墙壁上的瓷砖。

里面的人毫不知情，还在添油加醋地描述昨天晚上的情形："徐恪钦妈妈老是跟不同的男人混在一起，趁着徐恪钦不在家，还把人带到家里来了，昨天晚上闹得全楼上下都知道，可热闹了。"

"有这么个妈，真丢脸。我要是徐恪钦，我都不好意思出来见人。我爸说，他家里的钱肯定来得不干净。"康平一边说，一边注意着周舟的反应，他拿不准周舟对徐恪钦的态度，但是能在周舟面前贬低其他男同学，他觉得有种满足感。

周舟手上写着作业，旁边人说的内容她听得一清二楚，对于徐恪钦家里的事情，她也听了一些流言蜚语，她说："一个班的同学，别在背后说人坏话。"

康平吐了吐舌头，怕惹周舟不高兴，立马岔开话题，从兜里摸出了手机。

"你带手机来学校，要是被老师知道了，不仅会被没收手机，还要受处分的。"有人提醒康平。

"收就收呗，我家有好几部别人送给我爸的手机。再说了，那么多人都偷偷带手机来，怕什么？"康平不以为然，凑到周舟旁边，"反正我家在化工厂宿舍楼住不了多久了，我爸说最迟放完暑假就得搬家，周舟，给你看我家的新房子。"

"哇，这是从你家里往外拍的吗？这里是景山吧？"

照片里的房子还在装修阶段，客厅的视野极好，从这个位置看出去，能看到景山的标志建筑，景山周围的房子不多，但是价格贵得离谱。

康平干咳了一声，想到了他爸叮嘱他的话，没回答周舟，把照片划到了下一张："反正比现在的楼要好那么一点，以后来我家玩啊。"

周舟正想说话，教室前门有一道黑影压近，紧接着，徐恪钦走了进来。她顿了顿，一时间忘了该怎么回答康平。

康平也顺着她的眼神看了过去，刚好徐恪钦走到他身边看了他一眼，身后还跟着郭啸。他不敢当着徐恪钦的面搬弄是非，呼吸一滞，有点担心刚刚的话是不是被徐恪钦听到了。

幸好徐恪钦只是从他身边经过，径直走到座位旁。

因为徐恪钦的到来，教室里变得安静了不少。郭啸想要安慰徐恪钦，费力地组织好了语言，一看徐恪钦，人家该看书看书，该写作业写作业，像是没把康平的话放在心上。

他甚至还云淡风轻地跟郭啸说道："快放暑假了吧？"

郭啸没想到徐恪钦还能关心放假的事情，不由得舒了一口气，徐恪钦能放宽心就好。

下午有测验，班主任着急在晚自习之前将试卷批改出来，便在下午吃饭的时间把徐恪钦叫住了："徐恪钦，耽误你一点时间，来办公室一趟。"

徐恪钦犹豫了一下，郭啸刚好去厕所了，可班主任催得急，他留了张字条，便跟着老师去了办公室。

在办公室里帮忙的学生不多，班主任给徐恪钦安排了一个靠自己近的位置，一边批改试卷一边叹气："一看这字迹就知道是哪个班的，现在都什么时候了，还能考成这样？"

对面工位的老师接话："想在期末考试前把所有试卷都讲一遍根本来不及，下周事情还挺多，有动员大会，还有仪容仪表检查。"

低头算分数的徐恪钦淡淡道："最后一周的仪容仪表检查很严的。"

班主任道："你倒是提醒我了，今晚讲试卷之前，我先检查仪容仪表，最重要的就是手机问题。"

等到把试卷处理完，时间已经很晚了，班主任对徐恪钦说道："徐恪钦，你去吃饭吧，不着急回来，反正晚自习之前不讲课，你慢慢来。"

徐恪钦进教室时，发现郭啸眼巴巴地在等他。

郭啸从厕所回来，教室里空无一人，课桌上只有一张字条，上面写着"去趟办公室"。

看这字迹，应该是徐恪钦给他留的，可是这让郭啸犯难了，徐恪钦只说去趟办公室，也没说是让自己先走，还是让自己等他。

郭啸是个死心眼的人，他怕老师找徐恪钦有事，也没跑到办公室去找人，只知道在教室傻等，终于等到徐恪钦出现在教室门口。

"你没去吃饭？"徐恪钦走到课桌旁，从包里摸出什么东西揣到兜里，"我不是给你留了字条，说我去办公室了吗？"

郭啸舔了舔嘴唇，说："你只说你去办公室，又没叫我自己去吃饭，我怕你去的时间不长，出来找不到我。"

徐恪钦说不上来是什么滋味，怎么会有郭啸这么死心眼的人，自己找不到他，便找不到他，他俩又不是上哪儿都非得一起。

"吃什么啊？"郭啸还不知道他在徐恪钦心里是个可有可无的人，他觉得自己等一下徐恪钦是应该的。

已经陆陆续续有人回到了教室里，徐恪钦示意郭啸走："去学校外面吃。"

"这么晚了还去学校外面啊？"

徐恪钦回道："你不去我可以自己去。"

"去吧，我又没说不去，我只是怕上课之前赶不回来。"郭啸在学习上连个半吊子都算不上，他哪儿是担心自己赶不上上课，他是怕耽误徐恪钦学习。既然徐恪钦不怕，他也没什么好怕的。

郭啸也不知道徐恪钦在想什么，特意选了家离校门口远的，饭菜做起来费劲的店吃饭，等他俩吃完饭，外面都看不到学生了。

徐恪钦也不着急，不紧不慢地朝教学楼走，两人刚走到教室门口，便听到班主任在训人。

"康平，我是怎么跟你们说的！你当我的话是耳旁风吗？你是不是觉得马上放假了，你们就可以无视学校规定开始放纵了？"班主任正愁抓不到反面典型，现在就拿康平开刀，"你手机放我这儿，明天让你爸爸亲自来拿！"

徐恪钦喊了声"报告",班主任正在气头上,见是他,火气卡在嗓子眼里,又看到了他身后的郭啸。

"郭啸!你知道现在几点了吗?你知道上课时间吗?徐恪钦在办公室给老师帮忙,你也在办公室帮忙是不是?你到底知不知道来学校是干什么的!"

骂完郭啸,班主任又指着旁边那几个头发长度不合格的人,说:"你们几个,头发按照郭啸的标准来,明天还不剪,我亲自帮你们剪。"

班主任努力平息怒气,让徐恪钦和郭啸回到座位上去,说:"今天就检查到这儿,没查到的别以为你们就没事,那些带手机的,我希望你们能自觉一点。课代表把试卷发下去。"

徐恪钦最近喜欢上了之前在发廊对面的那家餐馆,吃中午饭的时候,总让郭啸陪着他一起去吃。

桌上的菜连着吃了几天,郭啸都有点腻了,他想跟徐恪钦提提,要不然明天换个口味吧?

郭啸见徐恪钦举着手机把玩着,似乎对桌上这几个菜并不那么喜欢。

"徐恪钦……"郭啸小心翼翼地唤着徐恪钦的名字。

"嗯?"徐恪钦漫不经心地回应。

"明天我们吃点儿别的吧,这家店不是还有其他的菜吗?"

徐恪钦拿起筷子,低头道:"明天不来了,腻了。"

听到徐恪钦这么说,郭啸暗暗松了口气,终于可以换个口味了。

第一章　任人欺负的小尾巴

"我记得咱们楼里有个闲置物品交易群吧？"徐恪钦随口问了一句。

郭啸点头，这个他有印象，当时还发了宣传单，他小姨就加了这个群，楼里绝大多数邻居都加了这个群，除了用来买卖二手物品，有时还会在群里通知消息。

"我想把家里没用的东西卖了，找不到这个群了。"

郭啸觉得，徐恪钦家里的东西确实太多了。照他的想法，用不上的东西拿出来卖掉，也算是物尽其用，就怕徐恪钦定价太贵。

"我家里有那个宣传单，我回去给你找找。"

今晚徐恪钦妈妈和往常一样不在家，徐恪钦洗完澡出来，刚好接到了他爸爸的电话。

"爸？"

徐圳立对他这个私生子还是挺上心的，他的几个孩子当中，徐恪钦最讨他喜欢，奈何徐恪钦的身份尴尬，哪怕自己对他寄予厚望，家里的产业也轮不到徐恪钦来继承。

幸好徐圳立现在的老婆比较大方，只要不把徐恪钦带回家，他给徐恪钦多少零花钱，她都睁一只眼闭一只眼。

"快期末了吧，最近别熬夜，早点休息。"徐圳立想把徐恪钦送出国，至于徐恪钦怎么混，就得看他自己的造化了，再则有个私生子在身边总算不上什么好听的事。

他探了几次徐恪钦的口风，但徐恪钦的态度很模糊，好像对出国的事情并没有什么想法。

两人简单聊了几句，准备挂电话时，徐恪钦把他爸爸叫住："爸，上次你说的那个景山的房子，我想看看。"

徐恪钦清楚他爸爸心里想什么，送他出国也好，送他房子也罢，都是为了弥补他。他也一直不主动索要任何东西，比较贵重的礼物，他都会拒绝。他越是拒绝，他爸爸就越是愧疚。

"景山的房子最保值，哪怕你以后不留在这儿，去了其他地方，房子也能卖出去。"徐圳立很高兴，"行，等你期末考试结束，看你什么时候有时间，爸爸带你去。"

"谢谢爸爸。"

"跟爸爸还这么客气。"

挂断电话后，徐恪钦坐在桌前想，能被他爸看上的房子，应该是好地段，连班上的同学都知道。

"徐恪钦！"

门外，郭啸的声音打断了徐恪钦的思路，徐恪钦回头朝客厅看了一眼，起身慢悠悠地往外走。

里头的木门打开后，郭啸隔着铁门递给徐恪钦一张广告纸，上面有二手闲置物品交易群的二维码。

"谢了。"徐恪钦关门的速度很快，没注意到郭啸一副想要和他多说几句的表情。

看着紧闭的大门，郭啸跟面壁思过似的杵在人家家门口，半晌才回过神，说："晚安……"

越临近期末，各科老师布置的作业就越多，原本就跟不上教学进度的郭啸，面对堆成山的试卷，更加吃力了。

郭啸朝旁边的徐恪钦看了一眼，徐恪钦写试卷时游刃有余的模样，是他这辈子都学不来的，他小声喊了徐恪钦一声。

徐恪钦抬头看向他，像是在问他有什么事。

他指着试卷上的题，问：“这怎么做啊？”

郭啸这个人是真的很迟钝，脑子转不快，无论是在学习上还是在人情世故上，都没有开窍。但他又不是会偷懒的性格，哪怕不会做，硬磨都得磨几个字上去。对此，他自己苦恼，也让改作业的老师看着心烦。

徐恪钦无法理解郭啸的想法，他想叫郭啸别费劲了，再怎么努力，也只是在倒数第一个考场和在倒数第二个考场的区别。

郭啸不会的不只是这一道题，自己教与不教，对他的整体成绩不会有太大的影响。

“嗯？”郭啸见徐恪钦不说话，以为他没听清，所以重复了一遍，“这怎么做啊……”

这一遍，他说得更加拘谨小心，因为他怕徐恪钦其实听到了，只是不愿意教他罢了。郭啸除了满脸的傻气，还有真诚和认真。

徐恪钦躲开他的目光，说：“教了你也不会。”

有些人明知不可为而为之，可能求的不是结果，只是喜欢付出的感觉。但徐恪钦不想陪他浪费时间。

郭啸失望地转过身，觉得徐恪钦说得对。

上课前徐恪钦去厕所，厕所里的人比较少，他进了最里面的坑位，正当他解决完想要出来时，听到外面有人在说话。

"期末考试怎么办？"

"我也想知道怎么办，跟我们一个考场的都是些什么货色？想抄都没得抄。"这声音听着耳熟，徐恪钦认出他是康平。

有人接话时刻意压低了声音，鬼鬼祟祟地说："找成绩好的抄吧，在学校论坛里问问，肯定有人愿意的。"

康平似乎对这个建议有想法，问："真的假的？怎么抄啊？"

"看你胆子大不大呗，带手机进考场，然后把题拍给对方，他做好了再发给你。"

康平愣了一下，说："我们学校的人不都在考试吗？我发给谁啊？"

"高三和我们的考试时间是错开的。"

等康平他们走后，徐恪钦才从厕所出来，他洗了个手，随后不紧不慢地往教室走去。

郭啸趴在桌上，整个人恹恹的，不知道他是因为不会做题才没精打采，还是因为被徐恪钦戳中了痛处而难过。

忽然，一只手伸到他面前，将他的试卷拿了起来。他吓了一跳，回头发现是徐恪钦，问："怎么了？"

徐恪钦浏览了一遍试卷，选择题一共有十道，郭啸能错九道，对的那一道估计也是蒙的。

"不知道能不能讲完。"徐恪钦拖着凳子坐到郭啸身边，"只讲一遍，你听不懂我也没办法。"

郭啸眼睛都亮了，一个劲儿地点头，铆足了干劲儿，比上课听老师讲课还要认真。

徐恪钦托着腮帮子坐在郭啸身边，另一只手指着题干上的数字，声音不高不低，语气也淡淡的。

郭啸第一次离徐恪钦这么近。徐恪钦好像有洁癖一样，跟谁都保持着距离，无论是抽象的心理距离，还是现实中的社交距离。

不出徐恪钦所料，郭啸确实听不懂，还一问三不知，连最基本的套用公式都不会。

徐恪钦没发脾气，这反倒让郭啸不好意思了。

郭啸捏着笔，脸颊涨得通红，也不知道他是在给自己台阶下，还是在给徐恪钦台阶下，说："早知道这么难……我就不耽误你的时间了……"

难得徐恪钦没有说难听的话，看了郭啸一眼，语气随和地说："想学就从头学，什么都不会是没法做题的。"

郭啸倒是想学，但有些事不是他想做就能做到的，他已经留了一级，跟不上教学进度，老师也不可能为了他停下教学进度。郭啸别的没有，自知之明还是有的，除了乡下的教学质量不如城里，他的脑子确实不如徐恪钦这般灵光。

教完郭啸，徐恪钦没有回到原位，趁着还没上课，他简单跟郭啸聊了几句。

"上次月考你考了多少分，在哪个考场？"

郭啸的成绩是公开的秘密，徐恪钦这么问他，他也会难为情。不管他考多少分，都跟徐恪钦比不了，也离不开他现在的考场。

"最后一个考场。"考场暴露了自己的分数，哪怕郭啸没有说出一个准确的数字，他想徐恪钦已经能猜出个大概了。

徐恪钦没有取笑他，问："我们班还有其他人跟你在同一个考场吗？"

"有啊。"郭啸说了两个名字，其中一个就是康平，"他们都在我前面。"

康平成绩差的原因和郭啸还是有一定区别的。康平是不愿意学，觉着反正有他爸爸给他铺路，他现在上学只是为了混日子，他根本不需要为前途着想，至于想着要作弊，也是为了应付他爸爸。

徐恪钦在郭啸嘴里得到确切答案后，又道："你要是想学，给自己定个目标，至少先超过他们。"

郭啸有些意外，他看了徐恪钦一眼，发现徐恪钦真在安慰他，他胆子又大了些，一把握住了徐恪钦的手，问："那你能教我吗？"

徐恪钦特别不喜欢别人触碰他，他出于本能地从郭啸手里挣扎了出来，郭啸央求的眼神里又多了一丝丝失望。

他不懂为什么郭啸能这么单纯，喜怒哀乐几乎都写在脸上，他受不了跟郭啸对视。

"暑假再说吧。"

郭啸眨了眨眼睛，徐恪钦没有直接拒绝他，"暑假再说"四个字就是给了他余地。他刚想说话，正好上课铃响了，徐恪钦没有看他，拖着凳子回到了自己的位置。

徐恪钦真的没有想象中那么难以相处，他真的能和徐恪钦成为朋友。

这份激动被郭啸压抑在心中，他捏着手掌，血液也跟着翻涌，身上渐渐渗出一层汗来。

晚上回到家，难得徐恪钦妈妈也在家，郭啸喊了声"阿姨"才往里走，季慧秀多问了徐恪钦一句："跟郭啸一起回来的？"

徐恪钦没说话，他妈妈已经很久没在家里过夜了，不然怎么会不知道他现在天天跟郭啸一起走。

"你不是要期末考试了吗？我回来看看你。"

徐恪钦太了解他妈妈了，直接戳穿了她的想法，说："你怎么会知道我要期末考试了？"

"啊？"

一个连今天是哪年哪月哪日都记不清的人，哪会记得自己要期末考试？

徐恪钦不用动脑子便能猜到，他妈妈肯定是又没钱了，那个男人叫她回来拿钱的。

"钱不是在柜子里？你自己拿。"

季慧秀面露难色，支支吾吾地说："我不是要钱……不是跟你说这个……"

徐恪钦将包丢到沙发上，借着客厅的光，审视着他妈妈的脸，问："那你想说什么？"

恍惚间，徐恪钦觉得他妈妈会说一件大事。

"是这样的……"季慧秀深吸了一口气，像是下了个莫大的决定，"我怀孕了。"

徐恪钦笔直地站在原地，眼神直勾勾地看着他妈妈，短短四个字，让他理解了好一阵。

许久，他才慢慢开口。

"你知道你现在是什么年纪了吗？"徐恪钦继承了他妈妈的美貌，两个人的五官几乎是从一个模子里刻出来的，他没有动怒，语气相当平静地问他妈妈。

"我什么年纪啊，我又不比那些小女生差多少。"季慧秀心虚地反驳道。

"以前你不懂避孕，吃了一次亏还不懂？"

季慧秀三十七岁，比有些二十来岁的小姑娘看着还年轻，可那又能怎么样呢？她比谁都清楚，年龄大了就是大了，保养得再好，也不如年轻人。

"感情的事情，哪有你说的那么简单？跟你一个小孩也说不清楚。"季慧秀难以面对来自儿子的压迫感，除了觉得丢脸之外，她也感到愧疚。

徐恪钦眉头紧蹙，眼神渐渐变得空洞，说："所以你打算生下来？"

"有了这个孩子，我打算跟他结婚。"季慧秀知道她对不起徐恪钦，可她没本事，为徐恪钦做不了什么，她这辈子还长，总要再找个男人的，"等这个孩子生下来，你也差不多要高中毕业了，以后……"

季慧秀话没说完，徐恪钦能猜到他妈要说什么。

季慧秀组建新的家庭，他也上了大学，以后桥归桥，路归路，他们母子的情分也差不多该断了，哪儿还有什么以后？

季慧秀垂着头，解释给徐恪钦听，也解释给自己听："我也没办法，我总不能带着你嫁过去，他给我的条件就是不能带着你，我一个女人，还有别的选择吗？你以后也会有你的生活，我们互不打扰挺好的。"

"你怀着孕他还跟你谈条件？"徐恪钦干笑了一声，"你真觉得他会对你好？"

脑子里满是情情爱爱的人，就像是在森林里穿行的野兽，没了自我，没了理智，没了思想，凭着所谓的"喜欢"，心甘情愿为对方放弃一切，心甘情愿把自己的姿态放到最低。

徐恪钦不明白，这就是爱吗？那也太廉价了。

他妈妈和现在的这个男人是因为爱才会结合，那和他爸爸是因为什么？因为欲望？

那可真让人觉得恶心，他自己，就是恶心的源头。

"随便你吧，你想怎么样就怎么样，跟我没关系。"徐恪钦绕过他妈妈，头也不回地走进房间。

从客厅传来东西的碰撞声，徐恪钦知道他妈妈在收拾东西，随后他听到开门关门的声音，他妈妈应该是提着东西离开了。

他心里空荡荡的，他看不懂他妈妈，也看不懂他自己。

妈妈在家待的时间很短，自己十天半个月看不到她是常事，这个家有她和没她都一样。可等到妈妈彻底要离开自己时，徐恪钦才觉得心里空荡荡的。

或许，他所期待的就是偶尔能见到他妈妈一面，他要的不多，仅仅是这么一点要求，都没办法实现。

真够狠的。

他问他自己难过吗？他说不上来，他不知道难过是什么感觉。

期末考试前一天，班主任叫徐恪钦去办公室拿座位表，要贴在座位上的考号还没裁剪出来。

"徐恪钦，你帮忙弄一下。"

徐恪钦浏览了一遍考场安排，康平又和郭啸在同一个考场。

正好对面工位的老师站起身来，将监考挂牌递给班主任，嘴上念叨了一句："我又监考最后一个考场的学生。"

期末考试是学校内部的考试，对于监考老师的要求没有那么严格，不会留到考试前才通知他们监考的班级。

今天不用上晚自习，提前放学。放学后，徐恪钦留下来贴考号，郭啸也没走，陪着徐恪钦一起弄。

"我什么时候能坐在我们班的教室考试就好了。"郭啸看着手里的座位号，感慨了一下。

能在自己班教室的考场，分数算不上高，但也能看了。

徐恪钦手上一顿，拿过胶棒在课桌右上角涂了一层，说："之前的事情，我答应你。"

"嗯？"郭啸疑惑地看着徐恪钦，思来想去，徐恪钦唯一答应自己的事情就是在暑假帮他补课。

他冲到徐恪钦身边，急切到口吃："真……真的吗？你答应暑假教我了？"

"嗯。"徐恪钦没看他。

一中的期末考试很磨叽，一天只考一门。

语文考试结束后的晚上，徐恪钦在家，听到有人敲门，他一把抓住桌沿，有那么一瞬间产生了是他妈妈回来的错觉，可很快他又冷静了下来，他妈妈还留着家里的钥匙，即便回来了，也不会敲门。

徐恪钦深吸了一口气，起身往客厅走，打开门的瞬间，郭啸那张蠢脸就出现在铁门之外。

他咧开嘴冲着徐恪钦傻笑："徐恪钦，我小姨让我拿来给你的。"说着，他扬起了手里的碗。

徐恪钦朝郭啸手里看去，碗里装着洗好的水果。这不是成曼婉第一次拿吃的东西给徐恪钦，徐恪钦年龄还小的时候，一个人在家待一个多月，成曼婉不放心，还特地送来煮好的饭菜。

徐恪钦打开铁门跟郭啸说话。这些水果，如果自己推辞不要，以郭啸直楞的性格，会硬塞给自己，所以他只能收下。

"好些天没看到阿姨了。"郭啸抻着脖子，往屋子里张望。徐恪钦妈妈虽然经常不在家，但这次外出的时间似乎比之前要长。

真是哪壶不开提哪壶。

徐恪钦在厨房找了个空碗将水果腾出来，用清水冲洗了一遍，才将碗还给郭啸。

"明天早上去巷子口吃包子吧？"

徐恪钦没有拒绝，只是说了句不相关的话："明天考完试我得去我爸那儿一趟。"

郭啸几乎没听过徐恪钦提起他的爸爸，现在听他这么说觉得有点意外，又不知道从何问起，只点了点头。

第二天起床，徐恪钦把要用的文具装进了文件袋里，又从抽屉里拿出手机。

他们学校布置考场时会将课桌前后调换，桌斗朝着讲台。因为之前出过几次拿错东西的情况，现在每次考试都要求学生将书包和书本放进桌斗里。

"徐恪钦。"

听到郭啸的声音后，徐恪钦拿着文件袋和手机走了出去。门外，郭啸跟往常一样背着他的书包，说："快点走吧，我怕包子铺人太多。"

两个人走在巷子里的时候，郭啸看到了徐恪钦手里的手机，问："你带手机啊？"

徐恪钦答道："昨晚不是跟你说了吗？我考完试要去我爸那儿。"

也是，带着手机方便联系，以徐恪钦的成绩，手机对他而言就是个通信工具，他肯定不屑于用手机作弊；况且，他们年级还有谁比徐恪钦成绩还好啊？

今天吃包子的人特别多，郭啸动作挺快，占了一张空桌，徐恪钦将手里的文件袋放到桌上，随后将手机递给郭啸，说："放到你包里吧，你坐着，我去端包子。"

郭啸接过徐恪钦的手机，将手机塞到了包的最里层，又将包牢牢抱在怀里。

这家铺子的包子都是现包的，包子、白粥、豆浆这些东西都得自己端，蒸笼旁围了一群人。

徐恪钦的个子高，他被人群包围，看不到他高大的背影，但郭啸能一眼看到他的脑袋。

他觉得徐恪钦挺照顾自己的，真的。

第二章　迟来的叛逆

吃完包子到学校，时间还有富余，徐恪钦和郭啸的考场离得很远，一个在第一个，一个在最末尾，他俩在楼梯口分开。

最底下的那层考场一共有三个班，刚从楼梯下来，便能听到吵闹声。不少学生靠在栏杆上，打量着来来往往的人，见到熟人还会豪迈地打招呼。

当然，成绩差的也不全是那种学生，还有像郭啸这种学不明白，但是安分守己的。他低着脑袋，想要穿过走廊快点到达他所在的考场，忽然又想起徐恪钦的手机还在他包里。正当他打算上楼去找徐恪钦的时候，有人喊了他一声。

"这不是'锅盖'吗？"

被人起外号这种事情，郭啸已经见怪不怪了，他还没来得及走，一只手就搭在了他的肩膀上。

"你在哪个考场啊？昨天怎么没注意到你？"

郭啸没敢和那人对视，余光瞥到了一个皮肤黝黑、个子跟他差不多的人。就像徐恪钦说的那样，自己跟谁都不熟，他们跟自己打招呼，无非是闲来无事找乐子罢了。

"最后一个……"

那人故作吃惊，嘲笑郭啸的声音特别响亮："厉害厉害，你比我厉害一点，我在倒数第三个考场。"他还担心周遭的人听不见，揽着郭啸的肩膀向其他人介绍："来看看，这是我们高二的大傻。"

郭啸捏紧了书包带子想要逃，可揽着他肩膀的手稍微用点力，他便戾了。也是，他能逃到哪儿去呢？

跑进厕所吗？还不够人笑话的。跑进考场？那就是在更多人面前出丑了。

"你们在干什么？"幸好这个时候，监考老师抱着考卷走了下来，"现在是期末考试，还没到你们放假的时候，哪怕只在学校待一分钟，也给我有点学生的样子，全都给我回自己的考场去！"

众人不服归不服，但也不会在学校跟老师硬碰硬。他们嘟囔一句，便都进了考场，郭啸这才松了口气。

这一耽误，郭啸已经来不及去找徐恪钦了，老师见他还杵在原地，提醒道："别站在这儿了，赶紧进考场，该发卷了。"

郭啸没办法，只能硬着头皮往教室走。

监考最后一个考场的老师经验丰富，进来时表情严肃，强调了考试时间后，让大家把与考试无关的东西都放进桌斗里，随后才开始分发考卷。

郭啸把包塞进桌斗里时，偷偷看了眼徐恪钦的手机，是关机的状态，他这才放心地坐回了凳子上。

康平觉得自己运气挺好的，考卷发下来时，他们考场只到了一个老师，他趁机将所有的题都拍好发给了和自己约好的人。

只是拍题，他的心脏都扑通扑通直跳，对他而言，最难的一关已经过了，接下来他要做的，就是安安静静地等待。

几分钟过后，第二位监考老师才姗姗来迟，两位监考老师站在前面低声交流着。

康平托着腮帮子，目光漫无目的地在考场里游移。郭啸就坐在他旁边的位置，这傻子明明什么都不会，装出那副认真的模样，还挺能唬人，自己一脚踩到答题卡上，对的题都比他多。

反正下次考试，他俩一定不在同一个考场。一想到这儿，康平觉得这世界上就没有钱办不到的事情。读书？算是自己给别人留的一条出路。

等了一阵，康平有点不耐烦了，悄悄摸出手机，手机屏幕上空空如也，那人还没给他回消息。这也太慢了吧，好歹先把选择题的答案发给他啊。

选择题郭啸还能半蒙半猜，填空题属实有点为难他了，他把考卷翻篇，顿时眼前一亮，第二道大题和徐恪钦给他讲过的那道题是一模一样的。

当时他没有完完全全听懂，但大概的步骤在脑子里还有一个印象，他靠着记忆尝试着书写解题步骤，中间有一个数值他明显感觉不对，最后得出的结果也奇奇怪怪的。可是能写到这儿，对他而言已经算是很大的进步了。

正当他心满意足地看着自己的考卷，一阵铃声在考场里响起。

门口的老师立马停下了，目光如炬地看向教室里，问："谁？谁的手机？"

考场里其他人也循着声源纷纷回头，齐齐看向郭啸，他们眼里有戏谑，有惊慌，也有凶狠。

"所有人，坐在座位上不准东张西望，不准乱动。"说着，其中一位监考老师走向郭啸，课桌里的声音还没有停。

郭啸脑子里一片空白。

徐恪钦的手机不是关机了吗？

监考老师从课桌里摸出手机时，铃声已经停了下来，他举着手机，问："学校不让带手机的规定你不知道吗？"

老师转头看向旁边，说："所有人，停下手里的笔，现在检查还有没有其他人无视学校规定带手机。"

另一位老师从考场第一个位置开始翻包，站在郭啸旁边的老师一直没有动。康平的脑袋像是炸开了一样，他手脚僵硬，几次想要偷偷删掉聊天记录，但是手怎么都不敢伸进裤兜里。

直到搜查的老师走到他跟前，他桌斗里空荡荡的，什么都没有，老师瞥了一眼他鼓鼓囊囊的裤兜："拿出来。"

康平侧头瞪了郭啸一眼，这个窝囊废，自己死还要拉别人垫背。

从康平兜里搜出来的手机的界面还停留在聊天软件上，上面是他给别人拍的考题。监考老师指了指康平，又指了指郭啸，说："你俩是一个班的，等会儿自己跟你们班主任解释吧。"

轮番检查下来，私带手机的学生不止他俩，监考老师把他们全部叫出了考场，又找来了年级主任。

年级主任是个四五十岁的中年男人，他扶了一把眼镜框，看着这排违纪的学生，气得脖子都粗了，嚷道："你们全部给我来办公室！通知他们的班主任和家长！"

办公室里的气氛很严肃，年级主任和几个班主任都到了。

"大会上多次强调，不允许学生带手机来学校，你们无视学校的规章制度，把老师的话当什么了！"年级主任越说越气，"平时你们班主任不计较也就算了，期末考试带着手机来是为什么你们心里最明白！等你们家长来，我们一个一个地查，看看有多少人作弊！"

郭啸靠墙傻站着，脑子里一片空白。他虽然成绩差，但是平时安分守己，没给老师惹过麻烦，至少他不算是老师心目中的问题学生。这一刻，他有点不知所措，忐忑的心情一直持续到了小姨出现在办公室里。

家长都到齐了，年级主任对家长的态度还算客气，让家长都找位置坐，随后又强调了一遍学校的要求，恳请各位家长配合学校教育孩子。

班主任挨个检查学生们手机里的内容，有些只是携带手机，另外一些像康平这样的，明显是作弊了，情节可比带手机严重得多。

康平爸爸前些日子已经因为手机的事情来过学校一次，当时他警告过康平，不要再做让他难堪的事情，这会儿一听说是作弊，他举起手便想打康平。

几个老师见状，连忙将康平爸爸拦了下来，说："孩子要慢慢教育，不能光是打骂。"

轮到郭啸时，别说是班主任，连小姨都有些意外。

郭啸哪儿来的手机？

当班主任把手机递给郭啸，让他解锁时，郭啸小声道："关机了，刚刚是闹钟的声音。"

班主任按了一下按键，屏幕没有亮起来，果然是关机了。

"郭啸，你怎么也会带手机来学校？"班主任问这话时，还特意看了郭啸小姨一眼。郭啸的情况他知道个大概，郭啸父母双亡，现在住在小姨家里。

小姨也挺纳闷的，把郭啸往自己身边拉了一把，问："怎么回事啊？"

被十多双眼睛盯着，郭啸只觉得如芒在背，他羞愧地低下脑袋，脑子不怎么灵光的他在这一刻想了很多。

这手机是徐恪钦的，但确实放在了自己包里，他如果说实话，只会又多一个违反学校规定的人，他被记过不要紧，但是徐恪钦不一样，这个污点对于一个成绩好的学生来说影响是很大的。

说与不说，他都躲不掉学校的惩罚，他相信徐恪钦也不是故意的。再说了，这是要请家长，徐恪钦的妈妈十天半个月见不到人，上哪儿去请家长？他不能拉徐恪钦一起受罚。

"我忘了有闹钟……"

成曼婉默不作声地看着郭啸的脸，确定郭啸有心隐瞒，她没有当众质问郭啸这部手机的由来，转头跟老师道歉："我工作忙，郭啸一个人在家有时候怕忘了时间，他会用手机设置闹钟，可能今天忘了关。他带手机来学校这件事情，我会好好跟他谈的，给老师添麻烦了。"

郭啸猛地抬起头，小姨不但没有责备他，还帮他说谎了，他心里更加难受。

　　成曼婉还在听老师的絮叨，余光注意到外甥在看她，她自然地拉住郭啸的手，在他手背上轻轻拍了拍，示意郭啸没事。

　　郭啸带手机来学校，并且手机在考场上响了是事实，学校的处理方式是通报批评和记过，这次的成绩也会按零分处理。至于作弊的学生，受到的惩罚则严重得多，通报批评并且记大过一次，屡教不改的留校察看。

　　郭啸接受完批评教育，从办公室出来时，考试早就结束了，学生也陆陆续续地回家了，学校里看不到多少人。

　　脾气火暴的家长已经开始对着孩子一顿臭骂，郭啸跟成曼婉走在人群的最后，等到没有外人后，成曼婉才开口问他："郭啸，你跟小姨老实说，手机哪儿来的？"

　　当她接到老师的电话，并且得知郭啸带手机进考场时，她是不相信的，她不信郭啸会作弊。郭啸算不上聪明，但贵在诚实，他连作弊都不会，更不会因为想要手机而走歪门邪道。

　　确定徐恪钦不会受到惩罚后，郭啸才跟他小姨坦白："小姨，你不要跟别人说，这不是我的手机，是徐恪钦的。他今天考完试要去他爸爸那儿，带手机是为了联系他爸爸。吃早饭的时候人太多了，我帮他把手机收着，后来忘了给他。"

　　"刚刚为什么不说呢？"

　　郭啸觉得自己冤又不冤，说："不想多一个人受罚。"

　　哪怕郭啸不说，成曼婉也知道原因。郭啸没有朋友，徐恪钦是唯一一个跟他稍微亲近一点的同龄人，在郭啸心里，他很珍视这个得来不易的朋友，会给徐恪钦最大的宽容和忍让。

成曼婉抚摸着郭啸的脑袋，说："这件事不是作弊，也不是诚信的问题，小姨觉得不严重。但是学校规定不让带手机，你带了，不论什么原因都是破坏了规矩，既然破坏了规矩，就得接受学校的处罚。以后做事，你也好，徐恪钦也好，都得遵守规定，知不知道？"

后脑勺的温度和小姨安慰的话，让郭啸很内疚："小姨，我耽误你上班了是不是？"

因为自己的缘故，小姨暂时打消了要小孩的决定，让原本就不怎么喜欢自己的小姨父对自己的意见更大。他不光帮不上小姨的忙，还成了小姨的累赘。

"请了半天假，正好休息了。"成曼婉想起手机，又想起了徐恪钦。

其实，徐恪钦跟郭啸的关系一直不咸不淡的，也是最近才渐渐走近。徐恪钦跟郭啸一样又不一样，一样的是都没朋友，不一样的是没有朋友的原因。郭啸性格太软，任人欺负，谁都有慕强心理，软弱的人不太招同龄人的喜欢；徐恪钦恰恰和郭啸相反，他小心思太多，攻击性太强。

不是她对徐恪钦有偏见，大概是家庭教育的缘故，自己的姐姐、姐夫为人淳朴，教出来的孩子也一样，即便换了环境，对郭啸性格的影响也不大，社交时虽然吃点亏，真诚待人总不会出错的。

"你不是说徐恪钦要用手机联系他爸爸吗？现在他没有手机怎

么办？”

　　郭啸有点犯难，看现在的情况，徐恪钦早就不在学校了，他说：“不知道，回去了再还给他吧。”

　　自己耽误这么久的时间，也没人通知徐恪钦一声，他会不会等了很久啊？

　　郭啸和他小姨跟着康平父子一前一后回到楼院里，刚进楼院大门，康平爸爸对着康平连拖带拽，顾不上面子便开始大骂。

　　“没出息的东西！我是怎么跟你说的？你学习不好也就算了，做事不知道带一点脑子？我要是你，就算是抄，也得让人抓不住把柄！你爹我的脸，都快被你丢光了！”康平爸爸的声音很大，骂得难听，不像是骂儿子，更像是骂仇人，后面甚至加上了不堪入耳的脏字，惹得楼上楼下的邻居都伸出脑袋张望。

　　康平觉得自己今天在劫难逃了，他妈在上班，邻居只会看热闹，没人会拦着他爸。

　　他的手机到现在都没动静，自从自己将题拍完发出去后，那人就再也没回复过自己了。康平觉得自己被耍了，他这是偷鸡不成蚀把米。

　　要怪都怪郭啸那傻子，要不是他，自己也不会受牵连，即便抄不到，也不会弄成现在这样。

　　走到家门口时，康平爸爸火冒三丈地从兜里摸出钥匙，钥匙怎么插都插不进钥匙孔，在门口耽误了好半天。

　　康平往楼下瞥了一眼，正好看到郭啸那傻子跟他小姨在院子里。真晦气，他咬牙切齿地朝郭啸比了个中指。

成曼婉也看到了康平的动作。现在的小孩真是无法无天了，做错了事情不知道悔改，还敢当着大人的面挑衅。

她想去揽住郭啸的脑袋，但是郭啸的身高已经比她高出不少，她转而拉住郭啸的手腕，说："别理他，我们回家。"

经过徐恪钦家门口时，郭啸见大门紧闭，抱着试探的心态敲了敲门，里面有动静。

小姨想着小孩的事情让他们自己处理就行，她一个大人在场，场面只会更尴尬。她没有催促郭啸，一个人先回了家。

"徐恪钦，你在家啊？"郭啸的语气恹恹的，整个人不如平时有活力，哪怕小姨没有责骂他。他是个知廉耻的人，做了不好的事情，也会知道害臊。

徐恪钦顺手打开了铁门，示意他进来说话。

郭啸犹豫了一下才往里走，他先是从书包里拿出了手机递给徐恪钦，随后才开口讲话："早上你忘了把手机拿走……"

徐恪钦回答道："手机在考场上响了的事情我知道了，是我忘了，不好意思。"

郭啸一听，终于有点精神了。他就知道徐恪钦不是故意的！他也不小气，不会因为一件意外发生的事，就跟徐恪钦甩脸子。

"没事的，我小姨没骂我。倒是你没有手机，是不是没跟你爸爸联系？"

不然徐恪钦怎么会这么快回来呢？郭啸在想，徐恪钦跟他一样，也会想念父母的，如果现在有机会让他见到爸爸妈妈，他肯定连期末考试都不去参加。

"嗯，没等到你，听别人说你被叫去办公室了，我只能先回来。"徐恪钦随口关心了一下郭啸的情况，"学校怎么处理的？"

郭啸尴尬地活动着胳膊，虽说自己考十几分的事情也拿不上台面，但被记零分更丢脸，他小声说："没有成绩然后通报批评、记过……"

他不想徐恪钦自责，画蛇添足地补充了一句："哎呀，其实我考十几分和零分没什么区别的。"

"听说你们考场还有其他人带了手机？"

说到这里，郭啸更加愧疚了，点头道："嗯……有些作弊的情节严重，记大过处理，唉！"

作弊不对，但郭啸不是上帝也不是老师，没有处罚任何人的资格，他甚至不愿做那个牵连其他同学的坏人。

"谁啊？"

"我们班的有康平，其他班的我不认识。"郭啸不想说这么扫兴的话题，"你快去找你爸爸吧。"

徐恪钦没想到他还能记得这茬："算了吧，我跟他下次再约时间。"

"对了！"说了这么多不开心的事情，郭啸总算有一件拿得出手的事情告诉徐恪钦，"你上次教我的题，这次考试真的考到了，虽然我写的不一定都对，但是写了一部分。"

可惜了，好不容易自己能答上一道大题，成绩还不作数，不然能让徐恪钦看看。

答应郭啸的事情，徐恪钦绝不食言，他抿着嘴唇点头，说："考完试我们就开始补课，学多少看你自己的本事。"

从徐恪钦家里出来，郭啸郁闷的心情稍有缓解，加上今天小姨父上班不在家，进家门时他也格外轻松。

成曼婉把水果洗好送到了郭啸房间，顺便想跟郭啸说会儿话："徐恪钦怎么说？"

"不怪他，他自己也忘了。"

成曼婉不置可否地点了点头，她不愿意用恶意去揣测一个高中生，既然郭啸不计较，她作为长辈，用不着多掺和。即便郭啸信错了徐恪钦，那她也相信，吃过亏的郭啸总会长记性。

"郭啸，"成曼婉坐到郭啸身边，"之前小姨没跟你谈过你以后的事情，想趁着这个机会跟你谈谈。我们客观地说，以你现在的成绩，想要考大学是非常困难的。你有没有想过自己的出路？"

如果是之前，郭啸还挺有自知之明的，他考不上大学，以后只能学一门手艺，好歹能糊口，但是徐恪钦给了他希望。

"小姨，徐恪钦答应给我补课了。"郭啸不敢大言不惭地保证自己能有多大的进步，但肯定不会比现在差。

成曼婉很意外，郭啸是怎么说服徐恪钦的？她不想打击郭啸的积极性，未来有很多的可能性，既然郭啸想学，以后的事情，走一步看一步吧。

因为有反面典型在前，接下来几天的考试风平浪静，只是郭啸不敢提前到考场，怕被人找麻烦，等监考老师到后，他才顶着众人的目光坐到自己的座位上去。

考试一结束，他拿上东西飞快地冲出考场，不逗留片刻。今天考完最后一门，他从负一楼一路狂奔到一楼，喘着粗气，眼巴巴地看着楼梯口。

楼上楼下陆陆续续有人出现，郭啸总觉得会被人追上时，那个让他望眼欲穿的身影终于出现在楼梯上。

他迫不及待地冲到徐恪钦身边，一把拉住徐恪钦的手腕，说："走吧走吧。"

他想，那些找他麻烦的人，是不会放过最后一天的机会的。

徐恪钦没有防备，被郭啸拉扯得一个趔趄，身体不由自主地朝前倾。他拨开前面的人，双腿不自觉地跟上郭啸的脚步。

现在天气热，两个人从乌泱泱的人群中挣扎出来，还能嗅到空气中淡淡的汗味，直到热风将身边的汗味吹散，他俩跑到了学校门口的长梯子上，徐恪钦渐渐停下了脚步，伸手掰开郭啸的手指。

"行了。"

郭啸后知后觉，哪怕他现在跟徐恪钦亲近了些，他也不敢轻易去触碰徐恪钦，刚刚纯属一时情急。他又朝石梯上看了看，没看到有人追上来。

"跑什么？"徐恪钦明知故问。

郭啸跟在徐恪钦身边，说："我怕有人拦着不让我回家。"

这就是他连累考场其他人被记过的下场，到哪儿都没法清静。

徐恪钦嗤了一声，岔开话题："东西都备齐了吗？明天开始补课，我不想你耽误时间。"

徐恪钦能给自己补课，郭啸是感恩戴德的，他小姨早就帮他买好了要用的东西，万事俱备，等的就是明天。

忽然，有人在叫郭啸的名字，郭啸闻声回头，那人站在石梯上面，指着郭啸恶狠狠地骂道："你还跑！你给老子站住！"

郭啸吓坏了，他不能留下徐恪钦一个人，顾不上徐恪钦会不会生气，拽着人就跑，边跑边解释："不行，徐恪钦我们还是跑吧……"

"要跑你自己跑！"徐恪钦没想到郭啸的力气这么大，拽得他怎么都挣不开，他只能被迫跟上郭啸的脚步。

郭啸转头时面红耳赤地说："那怎么行啊，我怕他们会找你麻烦。"

徐恪钦忍不住腹诽，真当自己跟他郭啸一个德行，像软柿子一样任人拿捏？明明是郭啸大难临头的时候，他还能惦记着自己，傻子，彻头彻尾的傻子。

今年夏天的温度好像格外高，徐恪钦早上六点起床晨跑，刚日出他就觉得太阳晒得他心焦，跑完再吃个早饭，已经早上八点钟了。

徐恪钦走进化工厂宿舍大院，朝楼上看了一眼，康平家的门正好打开，康平爸妈一起出门。徐恪钦没有着急上楼，在一楼的水龙头下洗了个手。康平爸妈下楼后，也没在意院里有谁，匆匆朝外走去。

　　徐恪钦摸清了康平爸爸看房子的规律，房子还在装修阶段，康平爸爸平时上班，来不及去那么远的郊区，周三、周六早上八点会带着康平妈妈准时出门，夫妻俩多半是一起去看房子的装修进度。至于为什么不带康平，肯定是因为康平爸爸还在为康平作弊被抓的事情生气，康平最近都老老实实地待在家里。

　　徐恪钦从兜里摸出手帕，擦干净手上的水，阔步朝楼上走去。回到家他先洗了个澡，换了身干净的衣服，很快便听到了敲门声，是郭啸来了。

　　每天早上九点，是徐恪钦给郭啸补课的时间。

　　郭啸今天的精神不怎么好，昨晚半夜睡着了，他被姨父叫起来去买啤酒，没怎么睡好。

　　看着徐恪钦滴着水的发梢，郭啸知道，徐恪钦肯定是跑完步回来的。他真佩服徐恪钦，即便是晨跑这件小事，徐恪钦都能这么有毅力，在他记忆中徐恪钦坚持晨跑好几年了。

　　郭啸看着徐恪钦热得泛红的脸颊有些走神，光看徐恪钦的外貌，像是被剥开壳的鸡蛋一样白嫩柔软，或许自己对他有点刻板印象，但是郭啸打心底觉得徐恪钦是没有弱点的。徐恪钦的成绩那么好，但他跟一般的书呆子不一样，他居然不戴眼镜。

　　"徐恪钦，你真厉害，天天起床跑步。"郭啸发出由衷的称赞。

　　徐恪钦没说话，手一伸，找郭啸要昨天布置的作业。

　　郭啸不是在拍徐恪钦的马屁，但徐恪钦对自己的称赞不为所动，他心里还是有点儿七上八下的。

　　郭啸很清楚，他的进步很慢，他又是个不会"作弊"的老实人，徐恪钦给他布置的作业，他都像考试一样严格要求自己，不翻看任何的参考资料，所以正确率可想而知。

再加上徐恪钦昨天还给他留了记单词的作业，今早就要听写，郭啸压力很大，他怕自己做不好。

果然，自己的作业和听写都不尽如人意，徐恪钦看着郭啸写下的单词，说："二十个单词错一大半，死记硬背的东西你不会吗？"

其实郭啸就是因为只会死记硬背，一点技巧都没有，才记不住单词。郭啸不知道自己是太笨，还是记性太差，记了下一个就忘上一个。

徐恪钦看都没看他，继续道："死记硬背不需要任何技巧，学习方法是在学习上取得成就的人总结出来的，对于你这种没学习过的人，没有任何的参考价值，反复记忆才是你唯一的办法。"

徐恪钦比老师还要严格，所以郭啸面对徐恪钦时只会更加紧张。徐恪钦说话从不会客气，哪怕他觉得很受伤，也只好老老实实地听着。

"郭啸，别浪费你我的时间。"

确定好康平爸妈看房的时间，徐恪钦也跟他爸爸约在周六早上见面。

徐圳立特意空出周六的时间，陪徐恪钦看房子，随便还关心了一下徐恪钦的成绩，问："期末考试考得怎么样？"

成绩还没下来，但徐恪钦自己心里有数，答道："老样子。"

老样子就是没有退步，有十足的把握依旧是全校第一。徐圳立很欣慰，说："我就知道，你不会让爸爸失望的，想要什么奖励跟爸爸说。"

徐恪钦不是知足，他是知道如何将他爸爸给他的奖励收益最大化，说："以我现在的年龄，爸爸能给我买房子已经很奢侈了，不用其他的奖励。"

徐圳立没有勉强，车子刚好进入了景山的范围内，售楼部的工作人员早就在山脚下等着他们了。

车停在了路边，后车窗缓缓下落，工作人员没有着急上车，殷勤地跟徐圳立打招呼："徐先生您好，我是小杨，今天由我给您和公子介绍景山的房子。"

因为徐恪钦对房子没要求，徐圳立也不想擅自替儿子拿主意，所以对于小杨来说没有多少压力，毕竟像徐圳立这样的人亲自带儿子来看房，那买房就是板上钉钉的事情，能预见的提成让小杨充满了干劲。

可房源看了一圈，徐恪钦都表现得很平淡，甚至有些漫不经心，小杨实在拿不准他到底对哪套满意。

直到车子停靠在景山的标志性建筑羚羊雕塑旁，徐恪钦靠着车窗，目光落在了从一排低层出来的中年夫妇身上。

"我还是第一次来这儿，这里能看到羚羊雕塑。"

徐恪钦的语气不咸不淡，但这好歹是他开口说的第一句话，小杨抓住这个话题，立马说："这儿确实能看到羚羊雕塑，但是视野不如刚看过的那几套房子，这边都是低层。"

徐恪钦歪着头看向低层，表现出一副对小杨的话题很感兴趣的模样，说："是吗？那家在装修。"

正在装修的房子和毛坯房、装修完工的房子从阳台上就能看出区别。

小杨坐在副驾驶座上，一眼便看到了徐恪钦说的那套房子。

景山的房子是创立开发的楼盘，创立专注富人区房产，小杨在创立工作，不仅眼光毒辣，记性也极好，这套房子还是从他手上卖出去的，既然话题聊到了这儿，他也想跟徐恪钦多说上几句，他还真害怕徐恪钦看上低层的房源。

"对，刚刚出去那对夫妇就是那间房的业主。景山也有价格稍微亲民一点的房源，就是这片低层，但和刚刚看过的那几套不在一个档次。"

小杨口中的"亲民"，是对比景山其他区域的房价，这儿最便宜的低层，价格也要甩其他地段的房子好几条街，康平他家凭什么买？

"哦，这样啊。"徐恪钦口吻随意，似乎很快对眼前的低层失去了兴趣。

小杨心里暗暗庆幸，幸好徐恪钦肯听劝。

最后，徐恪钦还是听取了他爸爸的意见，确定好房子后，两人吃了顿饭，徐圳立把他送到了化工厂宿舍的巷子口，随后才离开。

上次被徐恪钦说教了一顿后，郭啸又下了一番功夫，这由二十六个英文字母拼成的单词，他是吃饭记，上厕所记，走路记，连睡觉都恨不得再背一遍。就像徐恪钦说的那样，反复记忆，效果显著。

记单词不是完成今天的记忆内容就完事了，需要记忆完新的内容，再巩固之前的内容，需要记忆的单词越来越多，郭啸记起来虽然吃力，但是正确率在逐渐升高。

徐恪钦批改完今天的听写后，说道："你的脑子还挺适合这种机械记忆的模式。"

机械记忆是最笨的办法，一遍又一遍地重复，直到脑子里形成习惯性的反应。

郭啸确实笨，他听不出徐恪钦言语里的揶揄，还当徐恪钦在夸他，不好意思地摸着脑袋。

现在的天气，连家里都像是蒸笼一样，徐恪钦不爱开电风扇，他倒是能忍，可苦了郭啸。

学习费脑子，费体力，郭啸坐了一会儿就浑身大汗，鼻尖上都冒出了一层汗珠。

徐恪钦也热，在开空调和吃冰二者之间反复犹豫，最后他还是选择了吃冰。

他冲着郭啸吩咐："你去买冰吧。"

"啊？"郭啸一听"冰"，下意识地吞咽唾沫，"今天不学其他的吗？"

徐恪钦随口找了个理由，说："你今天的听写成绩不是挺好的吗？买了再说。"

要不是不好意思开口，郭啸早就受不了这闷热的天气了。他拿着钱飞快朝巷口的店铺跑，生怕冰化了，回来时跑得更快，但是还没踏进化工厂大院，他渐渐放慢了脚步。

不远处，康平跟院里其他几个年龄相仿的孩子站在大院铁门那儿，直勾勾地看着他。

在家老实了好些日子的康平，实在受不了这囚犯般的日子，刚刚他爸接了个电话，神色匆匆地出门，他正好出来放放风，谁知遇上了买东西回来的郭啸。

这不是冤家路窄吗？自己被关在家都是拜郭啸所赐，不趁这个时候找郭啸算账，更待何时？

康平朝郭啸做了个勾手指的动作，郭啸不光不敢上前，还作势想要跑。

身边有其他人看着，康平不能在人前失了面子，他火气噌地一下上来了，威胁道："你跑一个试试？！"

说罢，他气冲冲地将郭啸拽进铁门。

郭啸怕撞坏了冰淇淋，他将袋子护在胸口，康平看着他的动作就来气，一把将袋子扯了个稀巴烂，冰淇淋稀里哗啦掉了一地，没等郭啸去捡，康平抬脚将地上的冰淇淋碾碎。

"你……"郭啸敢怒不敢言，他怎么跟徐恪钦交代啊。

"吃？我叫你吃！"康平一拳打在郭啸脸上，一旁围观的小孩还跟着起哄。

郭啸往后退了几步，康平再朝他走来时，他出于本能，伸手想要自卫。

"嘿？"康平捏紧了拳头。

在拳头落下之前，一个冷淡的声音响起："还手。"

康平的动作停了下来，郭啸也愣住了，他抬头看向楼上，徐恪钦托着腮帮子靠在栏杆上，重复了一遍："还手。"

小店就在巷子口，离化工厂宿舍并不远，郭啸这么长时间还没回来，徐恪钦等得不耐烦了，正好从外面传来了起哄的声音，即便他好奇心不重，也会惦记自己的冰淇淋。

烈日当空，徐恪钦眯着眼睛看向楼下，郭啸被康平一行人拦了下来，随后，言语攻击演变成了肢体冲突，郭啸没占到一点便宜，怀里的冰淇淋也掉在了地上。

康平一脚将冰淇淋的包装纸踩爆，雪白的奶油夹杂着泥土迸了出来，蛋卷部分被踩得粉碎。徐恪钦离得远，但他还是能想象出蛋卷被踩碎时发出的清脆的咔嚓声。

"还手。"徐恪钦一句话让场面顿时安静了下来。

太阳光照射得他睁不开眼，他眯着眼睛，眼皮微微下垂，目光一直注视着郭啸的脸。

郭啸的个子和康平不相上下，甚至看着比康平还要高大一些。康平步步紧逼，郭啸他却节节败退，脸颊被晒得通红，头上的汗水不知道是急出来的，还是晒出来的。

郭啸在听到徐恪钦的声音时，整个人愣住了，直到徐恪钦又重复了一遍："还手。"

郭啸战战兢兢的目光游移在徐恪钦和康平之间，自己明明和徐恪钦离得远一些，但徐恪钦给予的压力，不知道是康平的多少倍。

在郭啸那略带迟疑的目光再次看向康平时，康平终于回过了神，他收拾一个郭啸还是绰绰有余的，他不信郭啸有这个胆子，色厉内荏道："你还一个试试？！"

这句话与其说是在威胁郭啸，不如说是他在跟徐恪钦叫板，他对徐恪钦有所忌惮，但当着院里这么多小弟，他拐弯抹角地说狠话。

徐恪钦的目光很平静，甚至没有多说一句话，郭啸却觉得自己在他面前抬不起头来，低下头看到被康平踩烂的冰淇淋，刚刚康平用了很大的力气打了他一拳，自己渐渐能感觉到刺痛感。

"还啊！"康平见郭啸耷拉着脑袋，愈发得意。欺负郭啸算不上什么值得炫耀的事情，楼里上幼儿园的小孩都会喊郭啸"傻子"，但让徐恪钦下不来台，让康平颇有成就感。

"怎么？不敢啊？"康平来劲了，伸手一连推了郭啸好几次。

郭啸连连后退，最后无路可退，靠在了铁门上。康平手指点在他肩头的力道不大，可反复戳一个地方，还是让他觉得隐隐作痛。

他抬头看向康平的脸，康平气焰嚣张，就算自己不比他矮，好像也在气势上被他压了一头。他身后站着看热闹的人，人人都面露嘲弄之色，他们都是来看他笑话的，没有人会帮他。

徐恪钦呢？徐恪钦会帮他吗？

郭啸再次看向楼上，他没有读心术，不明白面无表情的徐恪钦此时此刻在想什么，但他在想，如果是徐恪钦的话，肯定不会是自己这副畏首畏尾的模样。院里的人压根不敢欺负徐恪钦，连大人都得忌惮徐恪钦三分。

"你说话啊！哑巴啦？"

郭啸的脑子里闪过一个念头，身体下意识地做出反应，他来不及思考更多，捏紧拳头，照着康平的脸颊就是一拳。

康平的脸都被打歪了，他瞪大了眼睛，反应了几秒钟，恶狠狠地骂了句脏话。

郭啸算什么东西？他还真敢还手？他还真觉得有徐恪钦给他撑腰？

很快，两人在铁门前扭打成了一团。郭啸人高马大的，一旦反抗起来，康平占不到什么便宜。

平时看着很好欺负的郭啸，也不知道哪儿来的力气，按住康平的肩膀，把人推到了铁门上，铁门"哐"的一声摔在了墙上，几个看热闹的小孩都不敢上前拉偏架，两人从铁门一路扭打到了地上。

激起的灰尘和石子遮挡了郭啸的眼睛，他脑子里一片空白，身体里的血液却在沸腾，身上不知道挨了多少下拳头，但是每一下，他都连本带利地还了回去。

院里的动静终于引起楼里大人的注意，住一楼的男人趿拉着拖鞋跑出来，说："你俩干什么？康平他爸呢？无法无天了！"

两人都打红了眼，谁说的话都不听。

男人见劝不住康平，又冲郭啸说道："郭啸！你怎么也跟着胡闹！打架像什么话！"

打架像什么话！父亲和母亲也是这样教育自己的，可自从父母去世，没人帮自己出头后，这种处处忍让的生存方式换来的是更多的欺压。像不像话郭啸已经顾不上了，他只知道现在他很痛快。

其余大人见状，赶忙上前将两人分开。他俩都挂了彩，气喘吁吁的，眼里都冒着火一般瞪着对方，似乎还没打算偃旗息鼓。

就在这时，急促的脚步声传来，康平眼前一黑，他刚抬头，脸上就挨了一记耳光。他怒不可遏地挣开其他人的束缚，作势要跟对方拼命。

熟悉的身影和高大的气势，让他顿时蔫了，打他耳光的人是他爸。

"爸……"

当着这么多人的面，康平爸爸咬着牙克制着自己的情绪。他刚刚被叫去单位，景山那套房子被人举报的事情已经让他焦头烂额了，自己前脚刚走，康平这小子后脚就给他惹事，他哪儿还有耐心来教育孩子。

一个巴掌拍不响，康平爸爸气势汹汹地走到郭啸身边。

他教训完自己儿子还不够，又把气撒到郭啸身上，说："你小姨是怎么教育你的？有爹生没娘养的东西！"

说罢，他扬起手打算也给郭啸一巴掌。

劝架的男人一惊，把郭啸往身后藏了藏，说道："哎！这可不行！"

平日里，大家都说闲话看热闹，但谁也不是真恶人，谈论起郭啸去世的爸妈之后，还是会感慨一句小孩可怜，没哪个当大人的真会跟别人家的小孩动手。

有人拦着，康平爸爸的火气没了一半，他觉得憋屈，举在半空的手迟迟没有放下，半晌，扇在了康平胳膊上，吼道："给我滚回家去，丢人现眼的东西！"

闹事的主角少了一个，其他大人也在催促孩子们回家。

劝架的男人在进家门前，拍了拍郭啸的肩膀，说："你也赶快回去吧。"

院里恢复了平静，微风夹着热浪拂过郭啸的脸庞，还钻进了他被扯坏的衣衫里，那种血脉偾张的激动还未完全平复，他看向楼上，徐恪钦还没走，徐恪钦都看到了。

一个人的容忍是有限度的，郭啸这样的软柿子性子，在面对康平一次次的挑衅过后，还起手来，丝毫没有手软。

地上是融化的冰淇淋，郭啸鼻青脸肿地站在那儿，迎着阳光和自己对视。

徐恪钦想了想，开口道："还有剩余的钱吧？重新去买吧。"

见徐恪钦消失在家门口，郭啸默默垂下头，他顾不上身上的疼痛，原路折了回去，买好了冰淇淋回到了徐恪钦家里。

徐恪钦接过冰淇淋，靠在凉椅上一口一口地吃着，似乎没有打算开口说刚才郭啸和康平打架的事情。

郭啸陡然生出一股理直气壮来，他想告诉徐恪钦，自己还手了，自己听徐恪钦的话还手了。

这虽然是小卖部里最贵的冰淇淋，但奶油的味道还是有点腻，外面的巧克力脆皮也很劣质。

徐恪钦一边用牙签将巧克力脆皮拨弄下来，一边说话："郭啸，刚刚是因为你无能，我的冰淇淋才会被人踩到地上，你要当窝囊废是你的事情，但是千万别牵连别人，就像刚才冰淇淋被踩烂一样。"

郭啸鼻青脸肿的，他不明白徐恪钦话里的意思，他还未从刚才的打架中完全抽离出来。

看郭啸似懂非懂的模样，徐恪钦也没有过多的解释。康平爸爸刚才反应那么大，恐怕不只是为了儿子打架的事情生气。

郭啸刚才打架倒是打得酣畅淋漓的，事后，他又开始后悔，衣服可以换一件新的，可脸上的伤是怎么都藏不住的。

当天晚上，小姨下班回来刚走到院门口，就有人拉着小姨告郭啸的状。

"你家郭啸可不得了了，跟康平打架打得可凶了。"

成曼婉以为自己听错了，谁打架？郭啸打架？

一回到家，她先去敲郭啸的房门，果然，郭啸顶着一张肿胀的脸走出来，都不敢跟自己对视。

"小姨，对不起……"

现在哪儿是听郭啸道歉的时候，成曼婉拿出药箱给郭啸上药。正值青春期的男孩，打架是在所难免的，郭啸之前总是受人欺负，自己才烦恼，现在郭啸有胆子还手了，不算坏事。

没过两天，楼里开始有传言，康平爸爸被停职了，停职原因有很多的版本，其中最靠谱、最有说服力的就是康平爸爸在空有名头、没有实权的虚职上贪得太多被调查了。

郭啸迟钝归迟钝，但他从小寄人篱下，早就学会了察言观色，他看出徐恪钦最近很高兴。徐恪钦的情绪不会轻易表现在脸上，但会从一些细枝末节中流露出来。

比如，他给郭啸安排的作业，即便郭啸的准确率没有达标，他也不会像之前那样说话难听，只是让郭啸再记再做。

结束了今天的学习内容，郭啸多嘴问了一句："你最近好像心情很好？"

徐恪钦不置可否，把手头的作业递给郭啸，像是在问郭啸怎么这么问。

"是因为什么事啊？"郭啸很矛盾，在他心里，他把徐恪钦当成最好的朋友，所以想要了解一下徐恪钦的想法，又担心自己不知道分寸，所以在徐恪钦面前，他无论说话还是做事，都是畏首畏尾的。

徐恪钦没想到郭啸看着愣头愣脑的，内心还挺敏感的。

"楼里最近这么热闹，心情当然好。"

郭啸对情绪的感知是敏感的，但是他听不懂徐恪钦的话外音，云里雾里地点头。

对于他而言，徐恪钦能有点耐心，他学起来就稍微轻松一点。

郭啸特别有规矩，在徐恪钦家里学习完，还知道给人家收拾桌子，等他把桌子收拾出来，之前订的外卖刚好送上门。

见徐恪钦拆外卖，郭啸总觉得徐恪钦家里少了什么，他朝着客厅的方向看了一眼，发现徐恪钦家里空荡荡的，很安静。

徐恪钦的妈妈已经很久没回家了。

以前阿姨待在家里的时间不长，但也不至于像这次一样，这么久不露面。

有多久呢？

一周？半个月？一个月？两个月？是期末考试之前，还是更早？

最近郭啸陪着徐恪钦上课吃饭回家，没有注意到其他的异样。

郭啸喃喃道："好像……很久没有看到阿姨了……"

吃了一口外卖的徐恪钦顿了顿，郭啸脑海中"探测徐恪钦是否生气"的警报突然拉响，他意识到他说错话了。

徐恪钦沉默了半晌，声音淡淡地说："收拾完了赶紧走。"

郭啸安慰的话到了嘴边又咽了下去，徐恪钦好像不需要安慰，至少不需要他的安慰。他装好课本，灰溜溜地跑出了徐恪钦家。

连续一个月，徐恪钦都习惯性地点同一家外卖，他是个很挑剔的人，但是所处的环境不容他过多挑剔，好不容易找到一家勉强合胃口的饭馆，他不知道为什么今天饭菜的口感很差，他只吃了一口便觉得难以下咽。

郭啸被骂走后，整个家里只有他一个人，这种万籁俱寂的感觉，徐恪钦每天晚上都能感受到。

他一直以为，等到大学，他就能告别现在的生活，一切都会好起来的，他只是没想到他妈妈会提前退出，原来被抛弃和自己离开是两码事。

他一直想要争取主动权，但是老天爷就像在跟他开玩笑一样，他无法选择父母，无法选择出身，无法挽留妈妈的离开，无法得到父母的陪伴。

他想要的得不到，他不想要的也没有说不的权力。

他是父母在选择想要的生活时，最先放弃的那一个。

徐恪钦不是一个自怨自艾的人，既然这个世界上没有人会优先选择他，那他也不需要任何人的偏爱。

下午不愉快的经历，让郭啸茶饭不思，晚饭没吃两口，他便溜回自己房间了。

他不明白徐恪钦怎么突然发那么大的火，他只知道自己说错话了。

雪白的墙壁被灯光照得发亮，郭啸盯着墙壁走神。他不是一个小气记仇的人，不管徐恪钦说了多么难听的话，他都能帮徐恪钦找借口，徐恪钦只是嘴尖刻，对他还是挺好的，但是他胆子小，生怕徐恪钦嫌他烦，生怕彻底惹毛了徐恪钦。

"咚咚"的敲门声打断了郭啸的思路，在这个家里，进他房间会敲门的只有小姨。

"门没锁。"

成曼婉最近工作不忙，郭啸在家的日子也好过些，刚刚吃饭，她留意到郭啸吃得不多，还一副心事重重的模样，所以来找郭啸问问情况。

"怎么？不喜欢今天的饭菜吗？想吃什么跟小姨说。"

"没有啊。"他赶忙否认，"就是不太饿。"

郭啸不挑食，白米饭他都能单吃两碗，哪儿有什么不喜欢吃的？

"是不是遇上什么事了？"成曼婉了解她这个单纯的外甥，多半又是因为徐恪钦，"是不是跟徐恪钦闹别扭了？"

成曼婉自己也拿不准，以郭啸的性子，跟徐恪钦往来，到底是好事还是坏事。

郭啸也说不上来这到底算不算是闹别扭。

"今天……说错话了，徐恪钦有点不高兴……"郭啸觉得自己蠢，蠢得无可救药，连徐恪钦为什么生气都不知道，"我只是说很久没有看到季阿姨了……"

郭啸的话提醒了成曼婉，季慧秀确实很久没有出现过了。

季慧秀只要出现，每次都能闹得楼里不得安宁，是不是楼里最近事情太多，所以才没注意到她？成曼婉觉得季慧秀这些天的不出现，跟以往不太一样。

"每个人都有不想提起的事情，徐恪钦的家庭比较特殊，他可能不太喜欢谈这些。"成曼婉不会轻易干涉郭啸交朋友，在她看来，郭啸很珍视徐恪钦这个朋友，"你要是觉得自己说错了话，那就好好道歉，明天你不是还得去他家补课吗？"

成曼婉清楚郭啸在苦恼什么，继续道："胆小可以，但是退缩不行，遇事要解决问题，躲起来自责是没有用的。"

第二章　迟来的叛逆

第二天一早，徐恪钦出门晨跑时，楼里绝大多数住户还没起床，只有一楼的几位老人在院里洗东西。

学生是早餐铺子的主要客户，暑假期间，包子铺的老板也恹恹的，都没有了平日里的干劲儿。

徐恪钦跑完步，买了两个包子，慢慢朝化工厂宿舍的方向走，刚走进巷子里，不远处有人挡住了他的去路。

季慧秀身材苗条，还不到显怀的时候，穿着裙子看不出她怀孕了。她戴着墨镜看向徐恪钦的方向，墨镜遮住了她的眼睛，但是遮不住她嘴角的伤。

徐恪钦往前走了两步，季慧秀有伤的地方不只是嘴角，胳膊和小腿上都有瘀青，她挨打了？

走进院里时，一楼那几个洗东西的老人像是进家门了，院子里空无一人。季慧秀跟在徐恪钦身后往家里走，直到关上了门，她才摘下墨镜，露出颧骨上的瘀痕，一张姣好的面容，变得诡异可怖。

"你给我点钱吧。"季慧秀的语气跟先前没什么不同，只是有刻意隐藏的哭腔。

徐恪钦脑子里一片空白，机械地走到房间，将现金全拿来塞给季慧秀，瞥到季慧秀嘴角的伤，他脱口而出："你还要跟他在一起？"

季慧秀将钱塞进包里，说："不然怎么办呢？小孩总不能跟你一样生下来就没爸爸吧。你是命好，摊上个有钱还想着你的亲爹，你以为全天下的人都跟你一样走运吗？"

他走运吗？这话也太好笑了，他走运吗？

见徐恪钦没说话，季慧秀大概意识到自己还得伸手向他要钱，态度又软了不少："你放心，等这小孩生下来，我就不会向你要钱了，你不是要去读大学吗？去个我找不到你的地方。"

"你非得要生下这个小孩？"

季慧秀知道自己丢脸，她在徐恪钦面前早就没有了一个做母亲的尊严，索性破罐子破摔，说："生！我就是要跟他过，你别管我的事了。"

"你叫我别管你的事，你怎么还上门来找我要钱？我给你钱让你养这个男人，现在他打你？你怀孕了他还打你！"

徐恪钦从来不管他妈妈的感情生活，当初他妈妈说要跟别的男人走，他都没挽留一句，此时此刻他的暴怒，掀开了季慧秀的最后一层遮羞布。

"你就当没有我这个妈行不行？你给我钱，就当是可怜我行不行？"

季慧秀走得很急，连铁门都没关上，她来得快，去得也快，丝毫没惊动楼里的任何人。

徐恪钦身体里的血液在加速流动，晨跑过后，他的心跳到现在都没恢复正常，汗水湿透了他的 T 恤，掌心里湿答答的黏稠感，让他感到无比恶心。

那个男人姓胡，名叫胡盟，住在大沽街道，从事着一份薪水微薄的电工工作。徐恪钦不知道他妈妈怎么和胡盟认识的，也不想了解。

郭啸今天起晚了，没赶上跟徐恪钦一起晨跑，他想着那就等补课的时候再跟徐恪钦道歉吧。

可徐恪钦家门紧闭，他壮着胆子去敲过几次门，里面一直没有回应。郭啸扒在窗框上，费力朝里张望，里面乌漆麻黑的，什么都看不见。

"没人在家吗？"郭啸有点失望，徐恪钦肯定还在生气，不然怎么会连声招呼都不打。

徐恪钦知道，自己不能让胡盟付出多大的代价，如果胡盟没有了工作，日子不好过，徐恪钦妈妈的日子也不会好过。

他在沙发上多坐了一会儿，无数个念头跳进脑子里，都被他一一否决，最后他只想到了一句话——以牙还牙，以眼还眼。

大沽附近只有一家厂子，从厂子出来的必经之路上有一家小铺，小铺门口的老虎机前有个戴着口罩和鸭舌帽的少年，正不断朝老虎机里投币。

闪烁框在旋转时，老虎机发出刺耳的音乐声，少年手里的零钱越来越少，一旁的老板见状笑道："你瘾还挺大的。"

老虎机是最简单的赌博机器，因为有"以小博大"的噱头，特别吸引附近游手好闲的小混混来玩，十赌九输，但老板从未见过像这位少年这种不要命的赌法。

徐恪钦的注意力根本不在老虎机上，这种写进程序里的赌博方式是回不了本的，他无非是找个不会引人注目的地方，等胡盟下班。

投完篮子里换好的游戏币，徐恪钦又从兜里摸出两百块钱递给老板，说："再给我来两百块钱的币，我自己玩。"

言外之意是让老板别守着他。

老板愣了一下，哪怕徐恪钦戴着口罩，他也能从那双眼睛中看出对方的不耐烦。有人愿意当这个冤大头，自己有钱赚，他也不想挡自己的财路。老板不再多嘴，换好游戏币递给徐恪钦，随后进了店里。

篮子里的游戏币消耗得很快，但是老虎机的程序设定抓住了赌博人的心理，总会在你输得太多的时候，让你赢上一点，徐恪钦手里的币一直没有用完。

不知道过了多久，从厂子大门里陆陆续续有人出来，徐恪钦看了一眼手表的时间，应该是到了换班的时候。

徐恪钦的心思早就不在老虎机上了，他留意着出厂的人，直到胡盟出现，他顺手将装有游戏币的篮子搁到了台球桌上，起身跟在了胡盟身后。

现在人多，徐恪钦跟得不是特别紧，胡盟丝毫没有察觉，他上了一辆公交车，现在正是下班时间，公交车里全是人，胡盟挤到最后，低头玩起了手机。

胡盟没有回家，坐了两站便下了公交车，他连晚饭都懒得吃，径直走进了一家挂着霓虹灯招牌的地方。

徐恪钦抬头，招牌发出艳丽的光效，光看这名字，这里像是地下酒吧，门口没有服务生，徐恪钦压低了鸭舌帽，也跟着走了进去。

过道两侧全是镜子，光线也不太好，徐恪钦刚刚在外面便听到了音乐声，越往里走，音乐声越大，灯光也稍微亮了一些。

穿过过道后，里面的陈设跟普通酒吧差不多，除了有卡座和吧台外，还有一张巨大的赌桌。

胡盟不像是约了人，他的目的地就是赌桌旁，下班来堵两把，成了他每天都会做的事。

徐恪钦找了个角落坐下，在服务生上来询问他需要点什么的时候，他随口要了一杯喝的。

这里的东西，徐恪钦一口没吃，一口没喝，他像是一只蛰伏着的动物，在默默等待猎物的出现。

他的眼神直勾勾盯着赌桌的方向，胡盟坐在彩灯下，五颜六色的灯光在他脸上一遍遍扫过。

今晚胡盟可能是手气不好，表情一直很凝重，他屏住呼吸一点点挪动着手指去看手里的牌，数字的边缘露了出来，他一把将牌砸到了牌桌上，光看他的嘴型便能猜到他在骂人。

等着庄家洗牌时，胡盟摸了摸兜里，表情一顿，旁边的人在催促他下注，他色厉内荏地给人坏脸色，旁边的人也不是善茬，两人差点儿起了争执，幸好有其他人拦着。

胡盟把兜里的钱输了个精光，不好再占着茅坑不拉屎，只能悻悻退场。

胡盟一走，徐恪钦立马起身。

地下酒吧有前、后两个进出口，胡盟先前从进口来，现在在后边上了个厕所后，打算败兴而归。

身边来来往往那么多人，胡盟的心思还停留在刚刚输掉的那把牌上面，哪儿能注意到有人跟在他身后？

这条巷子通往老小区，陈旧的居民楼淹没在繁华大都市的犄角旮旯儿，这些楼里住着的都是些风烛残年的老人和懵懵懂懂的小孩。

天色渐渐暗了下来，附近流氓地痞太多，老人小孩都早早地回到了家里。

巷子里的光线不大好，隔一段路就有一盏晦暗的钨丝灯，除了灯泡因接触不良而发出吱吱的电流声之外，剩下的就只有从墙壁滴落下来的水发出的声响。

从潮湿的空气中能嗅到淡淡的腥味，胡盟这才意识到自己走到了一个不常来的地方。他朝前看了一眼，前方的巷子黑漆漆的，一眼看不到头，他下意识地想要往回走，还没来得及回头，眼前骤然黑了下来，铺天盖地的灰尘扑进了他的鼻孔，他被人在脑袋上套上了麻袋。

巷子的地面和墙壁都破破烂烂的，破损的砖头散落在墙角，废弃的钢管上布满了铁屑，装过水泥的袋子横在路中间。

走在前面的胡盟还在复盘刚才的赌局，徐恪钦一边戴上从家里带出来的手套，一边跟着他走到了巷子的深处，几乎没发出任何声响。就在胡盟反应过来想要回头时，他抄起地上的水泥袋子套在胡盟头上，紧接着一脚踹在了胡盟的肚子上。

　　胡盟猝不及防地挨了一脚，连头上的水泥袋子都没来得及扯下，捂着肚子往后退了几步，直到撞到墙上才勉强停了下来。

　　就在他想要摘头上的袋子时，徐恪钦快他一步，抓起一旁的钢管，照着胡盟的肩膀打了下去。

　　胡盟发出惨叫声，差点儿没当即跪倒在地。他捂住肩膀，慌不择路地在巷子里乱窜，一张嘴，袋子里剩余的水泥灰拼命往他嘴巴和鼻孔里钻，他被呛得一个劲儿地咳嗽，最后还是膝盖一软，跪倒在了地上。

　　徐恪钦没有善罢甘休，他避开胡盟的要害，又打了好几下，胡盟在地上拼命挣扎，终于发出了一点求饶声："大哥！大哥……我哪儿得罪你了……你放过我吧……"

　　不管他怎么求饶，对方都像是没听到一般，没说过一句话。

　　地上的人渐渐放弃挣扎，巷子里也恢复了平静，徐恪钦微微喘着粗气，将手里的钢管扔到了地上，替胡盟摘下头套，确认他只是昏过去后，又摸出胡盟的手机，替他打了急救电话。

　　做完这一切，徐恪钦在一旁静静地站了一会儿，他恨他自己的无能为力。

　　他劝不动他妈妈，除了打胡盟一顿之外，他做不了任何事情。

　　从巷子里出来后，徐恪钦没有着急打车，沿着大路走了好一阵，随后他上了一辆三轮摩托，在离化工厂宿舍三条街道的地方下车。

　　比起乌烟瘴气的地下酒吧，化工厂的环境安静得多，夜间的热气被微风吹散，拂到皮肤上的时候很舒服，昏黄的路灯带着暖意，看着没有任何的攻击性。

徐恪钦摘下鸭舌帽，被汗水打湿的刘海儿在风中飘扬，他不知道现在是几点钟，也懒得去看时间，走进铁门时，只有零零星星几家住户是亮着灯的。

应该很晚了。

很晚了，这些亮着的窗户里，没有一盏灯是为他而亮的。

郭啸等了一整天都没见到徐恪钦的人影，偏偏今晚小姨不在家，小姨父还不用值班，他不敢去小姨父面前乱晃，只能乖乖待在房间。直到从隔壁传来声音，他猛地从床上坐了起来，是徐恪钦回来了？

没人回答郭啸的问题，他只能壮着胆子出去看看，他轻轻推开房门，从门缝里窥探客厅的情况。

客厅没开灯，只有电视机散发出的微弱的光亮，小姨父好像在沙发上睡着了。

郭啸深吸了一口气，蹑手蹑脚地往外走，谁知刚走到客厅里，小姨父哼了一声，伸了个懒腰，睁开了眼睛。

"嗯？"看到郭啸挡在电视机前，祁飞难得没有冒火，他指了指一旁的钱包，"正好，你出门给我买包烟回来。"

郭啸正愁没有借口出门，生怕祁飞反悔，抓起钱就往外跑。

到徐恪钦家门口时，他犹豫了一下，然后轻轻敲了一下门，压着嗓子小声道："徐恪钦，你是不是回来了？"

高涨的情绪慢慢回落，徐恪钦出了一身汗，他能明显感觉到倦意和手腕处的酸楚，还有手心里莫名的刺痛。

他一只手扯住手套，粗糙的手套布料摩擦着掌心，让痛感愈发明显，就在这个时候，从门外传来了郭啸的声音。

"徐恪钦，你是不是回来了？"

客厅的窗帘紧闭，徐恪钦朝窗帘看了一眼，有个黑影在窗户前晃动，大概是自己没有回应郭啸，郭啸才会在窗户前张望。

"徐恪钦？是你吗？"

郭啸趴在窗户上，仔细去听里面的动静。他明明听到了徐恪钦关门的声音，怎么会没人呢？难道是季阿姨吗？不对啊，就算是季阿姨，听到自己叫门也一定会出来看看的，如果不是季阿姨，那肯定是徐恪钦。徐恪钦不开门的原因只有一个，他还在生自己的气。

得出结论的郭啸立马想到要解决这个问题，但是他脑子笨，嘴也笨，不会哄人，连道歉的话都说得磕磕巴巴。

"徐恪钦，你是不是……还在生气啊？

"你别……生气了，我以后……不会乱说话了……

"我今天……都还没上课……

"你以后……还会教我吗？"

徐恪钦刚下去的火气顷刻间又涌了上来，郭啸死板又执着，照他这么没完没了地说下去，一会儿的工夫，左邻右舍就都知道他刚回家了。他没办法，只能忍着怒意，起身去开门。

木门从里面打开，隔着铁门，郭啸能看到徐恪钦那被月光照得阴恻恻的脸，他愣怔了片刻，嘟囔着："徐恪钦……"

"你说够了没？"徐恪钦态度很冷淡，比先前任何一次都要冷淡。

恍惚间，郭啸看着徐恪钦眼白上的血丝，他竟然忘记自己该说什么了。

他不敢跟徐恪钦对视太久，目光里逐渐带上了退意，他缓缓垂下了头，余光正好瞥到了徐恪钦戴着的手套。

徐恪钦正想关上家门，郭啸猛地抬头，说："徐恪钦……"

和蠢的人相处，会让人烦躁，让人生气，因为他们不会看人脸色，郭啸就是这样的典型。徐恪钦咬着牙，恶狠狠地盯着郭啸。

郭啸被徐恪钦眼里的狠意吓到了，犹豫了一下，还是战战兢兢地开口："你的手……在流血……"

徐恪钦低头看了一眼，血将手套染成了红色，难怪自己会觉得疼，他举起手端详了一下，手套没有破损，也不知道刚刚在混乱当中他是怎么伤到自己的。

"要不要……"

郭啸刚开口，徐恪钦抬眼瞪了他一下，他立马噤声。

"你还有事吗？"徐恪钦的耐心快要耗尽。

郭啸不敢轻易开口，他当然还有事啊，自己的道歉，徐恪钦还没接受，徐恪钦受伤了，他也不能不管。可他只敢在心里反驳，摇头不是，点头也不是。

徐恪钦不跟他磨叽，二话不说将门关上，只留郭啸一个人孤零零地杵在门口。

郭啸有种门能甩到他脸上的错觉，他摸了摸鼻子，既无奈，又觉得自己没用，连句完整的话都说不好，难怪徐恪钦会生气。

他看着紧闭的大门，总觉得自己不能放任徐恪钦不管。他伸手摸进了兜里，兜里是小姨父给他买烟的钱，买不到烟的话，后果可想而知，别说是进家门睡觉，说不定还会挨一顿打。

费力不讨好的事情……他真的要做吗？

郭啸只在心里短暂地犹豫了几秒，随后转身往楼下跑，一头扎进了无尽的夜色当中。

徐恪钦忍着痛将手套扯了下来，伤口淹没在血色之中。

家里什么都有，唯一没有准备的是医药箱，徐恪钦没别的办法，在水龙头下冲洗了一番掌心，直到掌心的伤口露了出来。

以现在的天气，自己这样处理伤口，肯定是会发炎的，就在徐恪钦犹豫要不要现在出门买药的时候，门外又传来了敲门声。

徐恪钦的忍耐已经到达了极限，他不用脑子想，都能猜到肯定又是郭啸。这一次，郭啸又是为什么找他？又要求他原谅？怎么会有这么没脑子、不会看人脸色且卑微到极致的人？

郭啸跑得上气不接下气，他再来敲徐恪钦的门，是鼓起了莫大的勇气，他的心跳声连他自己都能听到了，徐恪钦会不会给他开门啊？

门吱扭一声从里面打开，郭啸压根儿不敢跟徐恪钦对视，说话都打哆嗦："徐……徐恪钦……现在天气热，不消毒的话……肯……肯定会发炎的……"

一秒、两秒、三秒。

周围静悄悄的,郭啸没听到徐恪钦的声音,他悄悄抬头,徐恪钦正一脸冷漠地俯视着他。

"给……"楼道里只有声控灯,声控灯的瓦数不大,光线比较暗,郭啸举着被他攥得变形的药盒展示给徐恪钦看,胸口一起一伏的,呼吸的动作特别大,汗水顺着他的脸颊往下滑落。

徐恪钦越来越看不懂郭啸了,自己的脸色这么差,态度这么恶劣,如果不是出于自己的说话习惯,早就对他破口大骂了。

他倒好,能厚着脸皮,一而再,再而三地主动讨好自己。

徐恪钦把到嘴边的狠话给咽了回去,他看不懂郭啸,也看不懂自己。

两人对视了一阵,郭啸的激动肉眼可见地平复了下去,他心里开始打鼓,在猜测徐恪钦不说话的原因,是不是嫌他烦,是不是自己的碘伏和消炎药买错了,是不是……

就在郭啸胡思乱想的时候,眼前的铁门打开了,可没等郭啸高兴,自己家的门也打开了。

小姨父顶着个鸡窝头,睡眼惺忪地探出脑袋,见到郭啸时,语气颇为不悦:"让你买个烟,怎么这么久啊?做事磨磨蹭蹭的。"

郭啸连大气都不敢出,他将手里的药攥紧,心想该怎么跟小姨父解释,钱都给徐恪钦买药了。

"烟呢?"小姨父不是个有耐心的人,他可没有徐恪钦那么耐得住性子,见郭啸不说话,他一把推开门,"烟呢?"

看着小姨父步步紧逼,郭啸下意识地往后退,他看了看徐恪钦，又看了看小姨父，他想跑……

小姨父看到郭啸这副窝囊样就来气，怒道："问你话呢，你哑巴了？钱呢？烟呢？"

郭啸拼命眨眼睛，小声说："钱……"

理由卡在了郭啸的嗓子眼里，忽然，在这个时候有一股巨大的力量拉了他一把，他一个趔趄，躲进了徐恪钦家里。

"砰"的一声，门也顺道被关上，不只是郭啸，连门外的小姨父也没反应过来，半晌，才听到小姨父在外面砸门。

小姨父骂了句脏话，又不可能硬把徐恪钦家的门给撬开，最后只能气哼哼地回家睡觉。

等到外面彻底安静下来，郭啸不可思议地看着一旁的徐恪钦，咽了咽唾沫，说："谢谢。"

徐恪钦懒得跟他说话，疲惫地往沙发上一坐。

郭啸站在客厅里，想问问徐恪钦要不要擦点药，见徐恪钦这么累，他自作主张地蹲到徐恪钦跟前。

碘伏擦在伤口上不疼，但徐恪钦有感觉，低头一看，是郭啸在给他擦药。

郭啸虽然个子高，但性格还挺腼腆的，徐恪钦看着他，他都不好意思跟人对视，为了缓解尴尬，他主动跟徐恪钦说话："你……怎么弄的？"

徐恪钦没说话，他也没追问。郭啸就是这点好，老实本分，该说的，不该说的，他都不会说，这么看来，郭啸也不是全无优点的。

给徐恪钦清理伤口的这段时间，郭啸难得能消停下来，他小心翼翼地托着徐恪钦的手，用蘸着碘伏的棉签轻轻扫过伤口。

郭啸很矛盾，他知道，徐恪钦只是外表看着文弱，实则比他都结实，但是看到受伤的徐恪钦，他还是忍不住小心对待。

涂完碘伏后，郭啸脑子一热，对着徐恪钦的伤口吹了吹气，吹完他有些不知所措，犹豫道："我……以前……我妈妈给我上药，也会吹，吹了就没那么疼了……"

不知道这个理由，能不能说服徐恪钦。

还好，徐恪钦没有嫌弃他。

"好了。"郭啸想到自己还买了消炎药，"还有消炎药……"

徐恪钦活动了一下手指，回道："消炎药不能乱吃的。"

郭啸哪儿懂这些，他只知道得消炎，既然徐恪钦说不能乱吃，他也不勉强。这里没他什么事了，他也不好留在这儿。

他抠着裤腿，支支吾吾地说："那我，那我回去了……"

说完这话，郭啸已经在琢磨今晚到底该去哪儿，徐恪钦叫住了他。

"去哪儿？你能回得去？"

哪怕郭啸什么都没说，徐恪钦也知道，他小姨父给他的钱，已经给自己买了药，所以才没钱买烟，买不到烟怎么回去交差？还想回家？不挨打已经算是他运气好了。

被徐恪钦拆穿后，郭啸难堪地杵在原地，他确实是哪儿都去不了，他看着徐恪钦进了厕所，把他一个人留在了客厅。

什么意思？

　　郭啸有点蒙，徐恪钦的意思是让他留下来吗？可是徐恪钦什么都没说啊，郭啸胆子小，他不敢随意揣测徐恪钦的心思。

　　他跟着徐恪钦往厕所走，趴在门口，眼巴巴地问人家："我今天晚上能留在你家吗？"

　　徐恪钦讨厌跟聪明人相处，因为自己可能什么都还没做，对方已经察觉到了他的意图，但是他也讨厌跟笨蛋相处，同一句话，要他重复好几遍，会很累。

　　他明白，也理解郭啸的小心翼翼，只是……看不上。

　　"你要是不想留在这儿也行，现在就可以出去。"徐恪钦态度很冷淡，丝毫不留情面，哪怕郭啸是因为拿他小姨父买烟的钱给自己买了药才回不了家的，他也丝毫不顾及刚刚郭啸给他擦药的情分。

　　郭啸看着紧闭的大门，听不到外边的动静，心想小姨父很有可能在等着他出去，即便没有抓他的意思，他现在出去，又能去哪儿呢？

　　他索性厚着脸皮道："那我还是留在你这儿吧。"

　　见徐恪钦没有拒绝，郭啸这才后知后觉，徐恪钦是默许了他留下来的。解决了自己的燃眉之急后，郭啸再次注意到了徐恪钦手上的伤。

　　徐恪钦拿着沾着血的手套在水龙下冲洗，郭啸吓了一跳，才包扎好的伤口，碰水可能会感染的！他连忙道："我来吧。"

　　他不是一个好奇心强的人，出于关心，刚刚他问过徐恪钦的伤口是怎么弄的，可徐恪钦不领情，或者说徐恪钦有难言之隐，郭啸不想为难徐恪钦，只能把自己的疑问藏在心里。

徐恪钦瞥了他一眼，没跟他客气，把手套递给了他。

今晚，郭啸像上次一样睡在了客厅里，现在的气温到了夜间也下不去，客厅的窗户是焊死的，没法开窗通风，房间的房门也关着，幸好郭啸不讲究，一沾枕头就能睡着。

这一夜，郭啸睡得迷迷糊糊的，中途被热醒了好几次，再一次醒来时，郭啸掀开窗帘朝外看了一眼，天刚蒙蒙亮，他又看向一旁的挂钟，早上五点多，还不到徐恪钦起床晨跑的时间，可郭啸已经睡不着了。

他起身后整理了一下枕头，又蹑手蹑脚地走进了厕所，为了不吵醒徐恪钦，他还特意将厕所门关上。门一关上，他觉得肚子不太舒服，想着也不是特别黑，便没有开灯。

微弱的亮光从窗帘缝隙中透了出来。清晨，楼里很静，能听到从远处传来的喇叭声，再过个一两个小时，楼里才能彻底热闹起来。

徐恪钦的生物钟比闹钟还要准时，他是个作息时间很规律的人，到点儿了闹钟还没响，便在床上假寐了十几分钟，静静地听着客厅的动静。

客厅静悄悄的，以徐恪钦对郭啸的了解，郭啸这个点儿不一定能起得来。"咔嚓"一声，他听到开门的声音，郭啸醒了？

徐恪钦带着疑惑起床，房门一打开，客厅里，是他妈妈跟他面面相觑。

季慧秀一脸憔悴，眼睛又红又肿，脸上的妆容经过一夜的折腾也不再精致，一改她平时光鲜亮丽的样子，她说："徐恪钦……昨晚胡盟在酒吧巷子里，被人打进了医院……"

徐恪钦刚睡醒，垂着眼睛往沙发上一坐，随口道："是吗？"

"现在人刚醒，还躺在医院里。"

徐恪钦心中有数，昨天那一顿打，要不了胡盟的命。

季慧秀摸了一把脸，说："那地方是赌场，他是个什么货色，我还不了解吗？哪儿敢报警啊，他只敢在医院嚷嚷，根本不知道是谁打的他。"

季慧秀絮絮叨叨地自说自话："肯定是因为他在外面得罪了人才会这样的，欠了一屁股债，不知道他胳膊有没有事，不然以后连工作都保不住……"

"跟我说有什么用？报警吧。"徐恪钦很了解像胡盟这类的人，胡盟比任何人都不愿意跟警察打交道，打架是家常便饭，挨打更是件很丢脸的事情。他妈妈来找他的目的也很单纯，肯定是要钱。

季慧秀一直过着向徐恪钦伸手要钱的生活，徐恪钦从不过问她在外面的事情，就当给她钱让她买乐子。可是现在她明显是拿着钱去给胡盟救急，这个理由怎么说都说过不去，连季慧秀也不知道该怎么开口。

她的话都说得这么明白了，徐恪钦不接招，还让她报警，摆明了是不打算帮忙，这让季慧秀更加难堪。

已经过了自己出门晨跑的时间，徐恪钦故作不耐烦道："没别的事了？我准备出门了。"

"徐恪钦！这个钱，就当是你借给我的。"

"借你的？"徐恪钦听着觉得好笑，"你拿什么还？你有工作吗？还是他有能力还？你都说了，不知道他胳膊有没有事，工作都不一定保得住，就算他胳膊没事，工作也没丢，他那样的人，我能指望他日后还钱？"

季慧秀心虚地眨了眨眼睛，她当然知道这个钱还不了，可是她又没别的办法，生怕徐恪钦一走了之，她一激动，一把拉住了徐恪钦的手。

徐恪钦吃痛地"嘶"了一声。

她这才发现徐恪钦手上的伤，问："你怎么也弄伤了？"

徐恪钦的人际圈子很狭窄，一向是人不犯我、我不犯人的性格，打嘴仗居多，几乎没有动过手，看这包扎的架势，伤得还挺严重的。

徐恪钦下意识地收回手，和他妈妈拉开了一点距离，既然这件事他敢做，哪怕是被他妈妈找上门来，他也有办法应对。退一万步说，即便是被胡盟察觉，胡盟也只会向他要钱。

"你从进门到现在，话里话外说的都是跟我不相干的男人，你注意过我吗？"徐恪钦知道他妈妈没那个脑子，也想不到那么多，但是占据话语权，才会将她的一些疑惑彻底打消。

被徐恪钦指责后，季慧秀脑子跟宕机了一样，钱和在医院的胡盟，在这一刻都从她脑子里滚了出去。她说："去门诊看看吧，你这是自己包扎的？"

徐恪钦转过身去，说："别白费心思了，要钱没有。"

"你非得这样吗？我都这么求你了！"

听到季慧秀带着哭腔的声音，徐恪钦回头认真地看着她，问："你为什么要为了他求我？他挨打你不应该高兴吗？"

"我就想着他能变好，我说了我不想再折腾了，天下男人都一个样，不管怎么换都一样的，只要他能变好，我也不强求其他的。"

徐恪钦不理解他妈妈的意思，问："你自己都说男人都一个样，为什么还不离开他？"

"我喜欢他行了吧。"不只是喜欢，她年纪大了，还怀孕了，根本没有选择的余地，跟徐恪钦说这些，他根本不会懂。她这么做是妥协，是无可奈何。

徐恪钦以为自己听错了，他眉心一跳，反复将他妈妈的话在脑子里过了几遍，"喜欢"这两个字他听了犯恶心。

人到底能用什么来证明自己对另一个人的喜欢？是他妈妈这样低三下四、失去自我的付出讨好？那算什么喜欢？

他妈妈已经无可救药了。

"是我打的他。"

季慧秀愣了几秒，扑上前推搡徐恪钦，喊道："你是不是疯了？！"

"我也觉得我疯了，我觉得没必要，你愿意跟他一起生活，愿意挨他的打，我不该替你出头。"徐恪钦的语气透着失望，他往后退了一步，余光瞥到了关着的厕所门。

他盯着门几秒，大步朝厕所走去，扭动了一下门锁，里面果然有人，他叫道："郭啸。"

听到徐恪钦叫自己的名字，郭啸心脏一沉，整个人哆嗦了一下，强迫自己镇定一点，随后打开厕所门。

"阿姨……"

郭啸在厕所蹲得手脚发麻，刚刚冲了厕所，人还没缓过劲儿来，便听到了开门的声音。他想要出去看看，没想到听到了季阿姨的声音，不仅如此，很快又传来了徐恪钦跟他妈妈的说话声。

胡盟这个名字郭啸不熟，但是从徐恪钦和他妈妈的对话里很难不猜到，这是季阿姨现在的对象的名字。

难怪最近没见过季阿姨，原来是在对象家里住着。

郭啸不想偷听他们讲话，可是他俩渐渐起了争执，还听到了徐恪钦承认打人的那句话，他这个时候出去也不是，不出去也不是。

在镜子旁边的栏杆上，就挂着昨晚他洗干净的手套。

这一切都来得太突然，郭啸脑子有点蒙，比起吃惊徐恪钦做的事情，他更担心自己现在该怎么跟徐恪钦解释。

家里多出一个人来，季慧秀一想到刚刚跟徐恪钦的对话，太阳穴就一跳一跳地疼。她别过脑袋，没有回应郭啸，转身便开门离开。

门"哐"的一声被关上，客厅里只剩下郭啸独自面对徐恪钦。郭啸眼神慌乱，到处乱看，解释道："徐恪钦……我不是有意偷听的……我刚刚在上厕所……"

徐恪钦捏紧了拳头，这一刻，他家的丑事被这个傻子听个干干净净，以前关于他家的传闻好像都坐实了，是不是郭啸也会觉得别人说得有理有据？

郭啸把脑袋耷拉得很低，徐恪钦的眼神让他抬不起头来。

"其实……我没听到什么……"郭啸连谎都不会撒，越解释，越显得掩耳盗铃，"真的……我不会胡说八道的……"

郭啸不知道自己是怎么从徐恪钦家里出来的，徐恪钦没搭理他，他觉得用"夹着尾巴逃出来"形容他自己再形象不过。

清晨的凉意很短暂，郭啸站在过道上，已经能够感觉到太阳蓄势待发的温度，天空虽然还是白茫茫的一片，但天边已经渐渐亮了起来。

他还沉浸在刚才的事情当中，看了看徐恪钦家紧闭的大门，不敢折回去惹徐恪钦心烦，下意识地朝自己家走去。

他好像忘了昨晚的事情，从兜里掏出钥匙开门，一推开里面的木门，迎面扑来一股湿热，屋子里闷得慌，头顶的吊扇在一圈一圈地转着，他朝旁边的沙发一看，小姨父正睡在那儿。

郭啸本能地放轻了动作，昨晚的记忆也一点一点地回到了他的脑子里……

正当郭啸犹豫要不要进屋之际，躺在沙发上的小姨父哼哼唧唧地睁开了眼睛，看郭啸的眼神还有些呆滞。小姨父比谁都记仇，下一秒，他从沙发上坐了起来，恶狠狠地指着郭啸，怒道："你还敢回来！"

郭啸扶着门框，准备随时逃跑。

小姨父看出了他的意图，说："你跑一个试试！"

　　说罢，他从沙发上跳到了地上，趿拉着拖鞋，像是一阵风一样，骂骂咧咧地冲到郭啸跟前，说："你以为有徐恪钦给你撑腰了是不是？你有本事别回这个家啊！看我今天不弄死你！"

　　没有徐恪钦的帮忙，郭啸挨了一巴掌，这一巴掌彻底让他回过神来，他左闪右躲，不敢还手，小姨父不是康平，自己不能跟他动手，唯一能做的只有跑。

　　如果自己跑出去的话，小姨父肯定会追上来，到时候情况会比现在更糟；如果跑进自己的房间，把门反锁，以小姨父吝啬的性格，是舍不得把家里的门弄坏的，而且上夜班的小姨也快到家了……

　　"你在想什么？"小姨父见郭啸默不作声，眼睛盯着家里，便厉声问了句。郭啸的个子已经超过了小姨父，奈何胆子小不敢反抗，给不了小姨父任何压迫感，他甚至想上前再给郭啸一巴掌。

　　没想到郭啸弯了一下腰，径直朝里跑，随后"哐"的一声将房间门关上，紧接着还传来了锁门的声音。

　　小姨父骂了句脏话，试图打开郭啸的房间门，喊道："郭啸！你给我打开！"

　　房间门的质量没那么牢不可破，有墙灰簌簌落下时，小姨父立马停住了手，他还是心疼钱的。

　　可就这么放过郭啸，他实在不甘心，便在外面撂下狠话："你躲！你最好别在我面前出现！"

　　郭啸抵着门，耳朵靠在门板上，静静听着外面的动静，他呼吸急促，胸口一起一伏，直到小姨父骂累了，自己震耳欲聋的心跳声也渐渐平复了下来，他脱力地往地上一坐。

被打的脸颊上还火辣辣地疼，郭啸用手摸了摸，疼得他龇牙咧嘴的。

一早上便不清净，先是徐恪钦家，然后又是小姨父，徐恪钦……想到徐恪钦，郭啸更加惆怅了，刚才徐恪钦的表情像是要吃人，自己好不容易才得到了他的原谅，怎么又弄成现在这个样子？

郭啸起身往窗边走，他爬上桌子，抓住防盗网，上半身越出阳台，他想看看徐恪钦在不在房间里，看了半天，只看到了被风吹得晃动的窗帘。

郭啸失望地回到了床上，满脑子都是徐恪钦的事情。他今早起得早，又一通折腾，很快就困了，再醒来时，是被小姨的敲门声吵醒的。

"郭啸？你起床了吗？"

郭啸看着房门发愣，睡了起，起了睡，他有点不知道现在的时间了，小姨父的谩骂声让他记起了今早发生的事情，他连忙起身开门。

"小姨……"

一看到郭啸，小姨父像是打了鸡血似的，胳膊恨不得绕过成曼婉，再给郭啸一巴掌，只是成曼婉挡着他，他动不了手。

看着郭啸肿起来的脸，成曼婉知道郭啸肯定挨打了，她没说什么，只说："出来洗把脸吃早饭吧。"

有小姨在，郭啸胆子大了些，贴着墙和小姨父保持了一段距离，溜进了厕所洗漱。

隔着门板，郭啸听到小姨父跟小姨争吵："你护着他干什么？我给他钱，让他帮我跑个腿，东西没买到，钱也没了，他还敢跑！"

"你不是打过他了吗？你还想怎么样？"

打过了又怎么样，小姨父还没出完气，他就是抓到了郭啸的小辫子想要借题发挥："你就是护着他。"

成曼婉不咸不淡道："我哪儿护着他了，你不是还指望着他爸妈的抚恤金吗？"

小姨父既不敢打死郭啸，又确实觊觎人家父母的死亡抚恤金，他不服气，只得跟成曼婉抱怨几句："他在我们家，吃我们的，用我们的，谁知道到时候抚恤金还能剩多少？"

大概是看在钱的面子上，或者碍于小姨的情分，小姨父没有再找郭啸的麻烦。

最近几天，徐恪钦好像没有出过门，对门也不见有人进出。郭啸不敢去敲门，他这人不会偷懒，既然有人教他，哪怕没有徐恪钦给他布置的作业，他也会把之前做过的题拿出来再做几次。

第三章　最好的朋友

　　郭啸最近的日子过得还算太平，主要是因为小姨没有加班也没有上夜班。吃完晚饭，小姨父也在家，他不想在家碍眼，只能找借口说自己出去消消食。

　　太阳渐渐落山，天气还是热，但比白天好了不知道多少。郭啸刚走出楼道，破天荒地看到了在院子里摆弄自行车的徐恪钦。

　　郭啸在徐恪钦面前是好了伤疤忘了疼，见到徐恪钦时，他还是会主动凑上前，他叫了一声："徐恪钦。"

　　徐恪钦手上的纱布已经拆了，伤口也结了痂，态度挺平静的，还回应了郭啸一声："嗯。"

　　郭啸受宠若惊，问："你去哪儿啊？"

　　"骑车随便逛逛。"

　　"哦，我也想去逛逛。"郭啸是真不会看人眼色，干巴巴地接了一句话，也不肯走，还守着徐恪钦。

　　徐恪钦跨上车，看了他一眼，问："你一起去吗？"

　　"啊？"

　　"那辆车给你了，你没怎么用过。"

　　徐恪钦骑的是新车，那辆拿去修过的自行车还锁在楼道里，说是给郭啸用，但郭啸没好意思用。

徐恪钦从兜里摸出那辆自行车的车锁钥匙递给郭啸，郭啸没有犹豫，巴不得能跟徐恪钦一起骑车。

他俩出了巷子，沿着街道朝小河边骑。太阳下山后，出来散步的人变得多了起来，小河边蚊子多，很多人不愿意朝那个方向走，渐渐地，他俩身边就没什么路人了。

徐徐而来的风夹杂着热气和湿气，徐恪钦随口问道："你最近看书了吗？"

"看了啊！"郭啸特别自豪地回答徐恪钦，徐恪钦能主动问他学习上的事情，他已经很惊喜了，这说明徐恪钦还是把他当朋友一样放在心上。

徐恪钦"嗯"了一声，说："我也不想白费力气，你自己能上点儿心最好。"

郭啸觉得徐恪钦不怎么精神，大概是心里有事，所以才心不在焉的。

两人说话的气氛很和睦，郭啸迟疑了一下，还是关切道："徐恪钦，你跟阿姨……"

话说了一半，郭啸停了下来，徐恪钦的性格那么要强，肯定不愿意自己多问。

旁边的徐恪钦忽然捏了车闸，郭啸在心里暗叫不好，谁知徐恪钦没有发脾气，而是叹了口气，说："歇会儿吧。"

街边的路灯亮起，昏黄的灯光照射在潺潺的流水上，波光粼粼的，光是看着都让人觉得凉快了不少。

郭啸将自行车停在徐恪钦的旁边，下车后他走到水边，掬一捧水洗脸，被暴晒过的河水没有他想象中那么冰凉，温温热热的。

郭啸起身回头时，徐恪钦就站在身后的大树下，目不转睛地看着他。郭啸抹了把脸，想起徐恪钦爱干净，便尽量把自己弄得利索点，才朝徐恪钦走去。

洗过脸，再经风一吹，郭啸的倦意被吹散了不少。

"前些日子，我妈来找我。"就在这个时候，徐恪钦忽然开口了，"她说她怀孕了，要跟那个男人结婚，要从现在的房子里搬出去。"

郭啸没敢说话，徐恪钦妈妈不回家的原因果然如此，只是让他没想到的是，徐恪钦的妈妈不仅仅是找了新对象，还要搬走。

搬走？是自己以为的那种意思吗？她不要徐恪钦了？可是徐恪钦还只是个高中生，即便成年了，也不能不要啊。

"没过几天，那男的打了她，她又回来向我要钱。"

"家暴"这个词对于郭啸来说，很远又很近。他没见过夫妻间打架，至少他父母没有打过架，就连小姨和小姨父也只是打打嘴仗，从没有动过手。至于小姨父动手打自己，郭啸还是觉得这只是长辈教训晚辈的一种方式，跟徐恪钦口中的"打"有很大的区别。

所以，徐恪钦是为了帮他妈妈出气，才会跟那个男人动手的？

"但是她不领情。"这个时候，徐恪钦已经不称呼季慧秀为"妈"了，"还想找我要钱。"

"什么？"郭啸张大了嘴巴，瞳孔颤了颤。哪儿有这样的妈？

徐恪钦妈妈和她新对象的事情，已经让郭啸有点消化不过来了，又加上一个徐恪钦的亲爸。

"你是不是一直以为，我跟楼里传言的一样，不知道我爸是谁？"

郭啸抿着嘴唇，他听是听过，但他没这么想过。

"其实我爸没有不认我，只是他不能把我接回去，他有他自己的家庭，我的钱都是我爸给的。"

"不能接回去"这种说法很委婉，徐恪钦是私生子，爸爸给不了他一个完整的家，妈妈也不打算跟他一起生活了。

郭啸再怎么笨，也能从徐恪钦的话中抓住一部分重要信息，他问："阿姨她要你爸给你的钱？"

徐恪钦只是看他，没有说话。

郭啸忽然觉得徐恪钦比他更可怜，虽然以徐恪钦的性格，用不着自己可怜。

自己的处境不算好，但父母在的时候，自己感受到了家的温暖，即便是现在，自己还有小姨。

徐恪钦不一样，徐恪钦明明什么都有，有爸爸，有妈妈，还有很多钱，可他又好像什么都没有。

郭啸觉得很悲哀，为什么有的人眼里只有钱呢？他小姨父是这样，徐恪钦的妈妈也是这样。

钱就真的这么重要吗？

徐恪钦找人换了门锁。

他觉得他妈妈太蠢了，是不是容易动感情的人都是这样没有智商，没有理智的？

自己之所以能从爸爸那儿拿到钱，不仅仅是因为爸爸心怀愧疚，还有在爸爸心目中自己足够听话，爸爸看到的都是自己的优点。如果自己的努力博取不到爸爸的同情，爸爸觉得自己跟他其他几个孩子差不多，等到那个时候，自己还能拿到钱吗？

换了门锁之后，季慧秀还是来找过徐恪钦，但她进不来门，徐恪钦不见她，她不管不顾地在门外嚷嚷一会儿，直到弄得大家都下不来台才肯离开。

那天，许久没有联系徐恪钦的徐圳立打了电话过来，叫徐恪钦一起吃个晚饭。

吃饭的地方选在了市中心的商场楼上，父子俩许久不见，略显生疏。徐恪钦在他爸面前一向不爱说话，他不随便多嘴问任何问题，即便他很想知道这段时间他爸干什么去了。

徐圳立习惯了儿子的沉默寡言，怕跟徐恪钦没话说，主动说起了这些日子他在忙什么。

"爸爸在 C 省有个项目，以后工作重心也会在那边，你阿姨说免得以后两头跑，我们就搬过去了。"

徐恪钦愣了一下，搬家了？

自己虽然没跟爸爸住在一起，但是住在同一个城市也是可以接受的，现在爸爸搬去另一个城市，一切就不一样了。大人的生活不需要他过问，他也没有管的资格，他的父母都是做好决定后才想起来通知自己一声。

"哦，这样啊。"

包间里灯火通明，徐恪钦表情自然地流露出一丝丝失望。

徐圳立心里还是很牵挂徐恪钦的，不然也不会特意叫他出来见面，他说："化工厂的房子本就是租的，现在景山的房子手续和装修都已经弄好了，爸爸还是觉得你跟你妈妈现在住的地方太乱，你考虑一下跟你妈妈搬过去住？顺便换个学校吧，正是因为你要高三了，需要在教学质量更好的地方学习。以你的成绩，换学校对你的影响应该不大吧？"

住在化工厂宿舍是徐恪钦的主意，在他眼中，住在化工厂和住在景山没有实质性的区别，哪儿的人都是一样的。

但是在经过妈妈离开，又听到爸爸搬家的消息后，徐恪钦想，他确实该换个更好的环境，为自己的未来做打算。

"我妈妈不会跟我一起去住了。"

"为什么？"徐圳立有些意外，因为之前都是徐恪钦不愿意搬家，以季慧秀的性格，怎么会不愿意去景山住呢？

徐恪钦放下手里的筷子，说："我妈妈可能要结婚了，她已经从现在的房子里搬出去了。"

"什么？"徐圳立愣怔了一下，再怎么说，徐恪钦还是个十六七岁的孩子，怎么能让他一个人住？虽说季慧秀先前也没尽到当妈的本分，但好歹有个人照应，她搬出去是打算不管徐恪钦了吗？

指责的话到了嘴边，又被徐圳立咽了回去，他如鲠在喉，季慧秀没有当妈的样子，他也没尽过一天当爸爸的责任，自己没有资格去责备季慧秀。

他和徐恪钦妈妈都是自私的人，他们的做法或许对徐恪钦不太公平，但他找不到更好的办法来处理现在的情况。

"那你一个人住在化工厂更不行了，搬去景山吧，到时候爸爸给你请一个阿姨，转学的事情爸爸来联系。"

　　这一次，徐恪钦没有拒绝他爸爸的提议，他答应了搬家，答应了换学校，只是婉拒了请阿姨来照顾自己。

　　假期已经接近尾声，楼里最调皮的那几个学生都忙着赶作业，之前的郭啸也是他们中的一员，但今年比较特别，在补课的同时，他还将暑假作业早早完成了。

　　最近他小姨工作不忙，假期还多，郭啸做完作业，多余的时间就用来帮小姨跑腿，加上有徐恪钦借给他的自行车，再远的路程都显得特别轻松。

　　他们这儿买东西不太方便，全靠巷子口的那家小卖部，但是小卖部的米不太好，正好郭啸没事做，他骑着自行车去远一点的大超市帮小姨买东西。

　　大超市不光东西多、种类全、质量好，连售货员也格外热情，小姨给郭啸列了一个购物清单，他买的东西多，售货员还安排了同事帮忙一起配送。

　　售货员大姐让郭啸在门口稍微等一下，很快，一个提着袋子、穿着超市制服的女生走了出来。

　　女生愣住了，郭啸也愣住了。

　　"郭啸？原来是你买的东西啊。"

　　"汪月姗……"

　　汪月姗挺大方的，丝毫没觉得尴尬，说："我在这儿打暑假工，走吧，我帮你送。"

看着汪月姗的小身板，郭啸有点不好意思叫人家一个女生帮忙。

汪月姗像是看出了郭啸的想法，她主动走上前，说道："别瞧不起人，我力气挺大的，在超市兼职经常会搬东西。"

汪月姗长得灵动，说话时眉飞色舞的，平时很少有女生主动跟郭啸说话，郭啸有些不好意思，不知道该怎么接话。

自行车后座上放着最重的大米，零碎的小东西都放在袋子里，由汪月姗帮忙提着。

汪月姗之前没太注意过郭啸，在她的印象中，郭啸只是个个子有点高、皮肤有点黑、学习不怎么好、说话磕磕巴巴又老受人欺负的人。

那次在厕所门口，郭啸好心地递给自己纸巾后，汪月姗对郭啸的印象就变好了。

知道郭啸不怎么会讲话，汪月姗开口挑起话题："你住化工厂那边啊？"

"啊？嗯……"郭啸也不知道自己是怎么想的，哪壶不开提哪壶，"徐恪钦也住那边。"

说完这句话，郭啸意识到自己不该说这些，紧咬着后槽牙，屏住呼吸，腮帮子都鼓起来了。

汪月姗眨了眨眼睛，盯着郭啸看了一阵，最后实在憋不住了，"扑哧"一声笑了出来："你的表情也太滑稽了吧。"

见汪月姗笑了，郭啸松了口气，生怕自己说错话，又伤害了女生的自尊心。

"你别这么紧张，他住在这儿就住呗。"

　　郭啸先前哪儿这么轻松地跟女生聊过天，汪月姗一笑话郭啸，郭啸脸红得更加厉害了。

　　私家车开不进巷子里，徐圳立只能将徐恪钦送到路口，下车前，他又给徐恪钦打了一笔钱，说道："先拿着用，爸爸不一定能抽出时间陪你搬家，我没时间的话，就安排其他人来帮你，带不走的东西就别带了，你没空去买，就列个清单给爸爸，还有什么花钱的地方，你跟爸爸直说。"

　　手机发出"嘀"的一声，是到账的短信提醒音，徐恪钦没有去看有多少钱，轻声说了句"谢谢爸爸"。

　　这些年，他爸爸给他的钱不少，他妈妈花掉的也不少，钱来得太容易，先前他还未完全意识到钱的重要性，如今看来，什么都是假的，好像只有钱是真的。

　　看着懂事的徐恪钦，徐圳立满腔的怜爱，他伸手摸了摸徐恪钦的脑袋，说："跟爸爸还这么客气，需要什么就直说，别藏着掖着。"

　　徐恪钦点了点头，目光看向挡风玻璃，眉头微微蹙着，脸上也渐渐有了点表情。不远处，郭啸正和汪月姗迎面走来。

　　徐恪钦下意识地挑了下眉，他俩怎么会走在一起？

　　"怎么了？"徐圳立注意到儿子的眼神，也顺着他看的方向看了过去，"认识？"

　　徐恪钦瘪了一下嘴，说："住隔壁的。"

　　连个像样的称呼都没有，听起来应该是不太熟的人，徐圳立又拍着徐恪钦的肩膀，说："回去吧，有什么事情就联系爸爸。"

与郭啸的不善言辞相比,汪月姗性格外向,但不至于外放,她能自然地抛出问题,不让两人之间冷场的同时,又能引导郭啸说话。

汪月姗给郭啸讲述自己兼职的趣事:"这个超市的老板是我妈妈认识的人,兼职真的很好玩啊,暑假过得很充实,我自己还攒了零花钱。"

郭啸不知道汪月姗为什么会去兼职,但是他觉得汪月姗家里的条件应该不差,出来兼职可能是为了丰富生活,增加阅历。

"白天工作,晚上回家写作业,一周还有一天休息的时间,跟上学的时候差不多,不会因为放假两个月就打乱了作息时间。"

郭啸挺羡慕汪月姗这样的人,有计划,有目标,知道自己在干什么,就像徐恪钦一样。郭啸突然觉得好像只有自己是碌碌无为的。

一辆私家车从旁边经过,郭啸回头看了眼,再转过头的时候,旁边的汪月姗不知怎么停在了原地。

郭啸正想问她怎么了,往前一看,徐恪钦正站在巷子口看着他俩。

"徐……"郭啸想叫住徐恪钦,可徐恪钦走得很快。

汪月姗还杵在原地,郭啸看到徐恪钦,想要快点追上去,便冲汪月姗说道:"就送到这儿吧,进了巷子就到我家了,今天谢谢你了。"

不等汪月姗回答,郭啸从她手里拿过塑料袋挂在了车把手上,歪歪扭扭地将自行车推进了巷子。

汪月姗看着郭啸远去的身影，嘀咕道："怎么走这么快啊……"

郭啸扶得了前面，扶不了后面，自行车"哐当"一声撞到墙上，东西散落了一地，总算让前面的徐恪钦停下了脚步。

徐恪钦可不是汪月姗，他站在原地，高高在上地看着郭啸，纹丝不动，不可能指望他能上前搭把手。

郭啸也不跟他计较这些，只是抱怨道："我怎么越喊你，你走得越快啊？"

郭啸见徐恪钦等自己，将自行车支起来，捡起地上的东西装好，推着车走到徐恪钦身边，关切地问道："你上哪儿去了？"

巷子统共那么大点儿地方，两个人并排走，还推着一辆自行车，实在有些挤，徐恪钦落在郭啸身后，懒得回答他的问题。

郭啸在徐恪钦面前话多，是因为徐恪钦话太少，显得他聒噪了起来。

"我今天收拾作业，发现我居然把暑假作业都写完了，这还是头一回呢，多亏了你。

"你今天给我布置的作业，我也写完了。"

徐恪钦不说话，郭啸也不尴尬，他一个人噼里啪啦地说了一堆，丝毫不会冷场，好像他早已习惯了跟徐恪钦的相处模式。

巷子里除了他俩没别人，徐恪钦意识到，这里是说话的最佳场所，再往里头走，进了院子，就能看到楼里的人了。

"郭啸，"徐恪钦终于开口，"我得搬走了，要转学。"

郭啸还沉浸在跟徐恪钦"炫耀"的喜悦之中，一时间竟然没有反应过来，他张了张嘴，将徐恪钦的话反复琢磨，才明白其中的含义。

"搬去哪儿？"

在徐恪钦心目中，他做什么、要去哪儿，没有必要向郭啸交代得那么清楚。

郭啸有点急了，他打心底不希望徐恪钦离开，连忙问道："为什么啊？这儿不好吗？"

这儿当然不好，以徐恪钦的条件，早该换一个更好的环境居住，即便不是景山，也不该是这鱼龙混杂的化工厂宿舍。

郭啸也觉得自己问了句废话，他又道："是因为季阿姨吗？"

徐恪钦心想，他不为任何人，他只为他自己。

郭啸觉得可能是自己的问题太难回答，所以徐恪钦才不肯说话，他找不到挽留徐恪钦的理由，就找了个蹩脚的借口。

"可是……你不是还要给我补课吗？

"你走了……补课怎么办？

"我们以后不能在同一所学校上课了吗？

"你要去哪儿呢？"

其实，徐恪钦要搬走也不是什么大事，只要离得不远，自己还是能去找他的，郭啸就是在等徐恪钦一句话，等徐恪钦告诉自己地址。

可徐恪钦只是看着他，他有些按捺不住，问："我能去找你吗？"

他怕徐恪钦不答应，用词格外谨慎："你搬走了，我们也还是朋友……你会去很远的地方吗？"

徐恪钦看着郭啸迫切地想要抓住自己的模样，他知道郭啸很孤独，可怜的人才会孤独，他也像郭啸一样，急需一个心理寄托。

可能是善心大发，又可能是别的原因，徐恪钦回道："不远，在景山。"

还在同一个地方，郭啸想，是自己骑自行车就能到达的地方。

"我能去找你吗？"

徐恪钦搞不懂，郭啸找他干什么？郭啸对他有太多的期待，一句一文不值的"朋友"竟然被郭啸看得那么重。

"你可以来补课。"

至于补完课之后的事情，徐恪钦还没想好。

郭啸不贪心，这就已经够了。

徐圳立对徐恪钦的事情很上心，第二天便喊来了搬家公司。徐恪钦要带走的东西并不多，他的衣服，他的书，还有那辆新买的自行车。其余的东西，他都懒得带走。

搬家公司的工作人员替徐恪钦把东西都搬走，又把徐恪钦不要的东西帮忙扔掉，徐恪钦则等着房东来收房。

隔壁进进出出的动静那么大，郭啸早就听到了，他挺难受的，哪怕徐恪钦答应他可以继续给他补课，他还是难受。

郭啸怕自己太矫情，没有赶上送徐恪钦离开，便强压着内心的难受，到隔壁看看情况。

"东西都搬走了吗？"

徐恪钦家里很整洁，一点没有因搬家而变得凌乱，让郭啸不知道他到底带走了什么。

徐恪钦点了点头，看到郭啸时，他想起了一样东西，他从房间里找出了自行车锁的钥匙，说："这是那辆修过的自行车车锁钥匙，你拿着吧。"

郭啸想接又不敢接，徐恪钦添上一句："这里没有直达景山的公交车，你骑车来比较方便。"

听见徐恪钦这么说，郭啸心里稍微好受了一点，心安理得地接过了钥匙。

搬家是谁也瞒不住的，徐恪钦走出宿舍楼时，正是阳光最盛的时候，很多人不顾光线刺眼，一个个杵在过道上，都伸长了脖子张望，他们眼中有好奇，有探索，还有意味深长。

只有二楼的郭啸眼巴巴地看着他，郭啸是真舍不得他。真有意思，这有什么舍不得的？

这只是一个开始，将来他们还要读大学，以郭啸的成绩，不管他怎么努力，都不可能跟自己读同一所大学。大学毕业后是找工作，他和郭啸可能共事吗？答案当然是否定的。

分别是必然的结果，谁也改变不了什么。

徐恪钦走得很快，很决绝，他留给这栋宿舍楼最后的东西，是一个挺拔的背影。

郭啸等到徐恪钦的身影彻底消失在视线里，才悻悻地回到家里。

今天家里只有他一个人，快傍晚了小姨才下班回来。

家里死气沉沉的，郭啸趴在书桌前像是睡着了，成曼婉敲了敲门，问："郭啸，睡着了吗？"

郭啸闻声回头，他还没来得及告诉小姨徐恪钦搬家的事情，他以为徐恪钦至少还会待几天的，哪知道搬得这么快。

"小姨……"郭啸站起身来，他很少跟小姨提要求，也从不向小姨索要任何东西，但这次是个例外，"你能不能给我买部手机，只要能打电话就成……"

成曼婉有点意外，郭啸能联系的人很少，不是自己不给他买，是他几乎用不上，她问道："怎么突然想要手机啊？"

"我想……跟徐恪钦联系……"郭啸顿了顿，"他搬走了。"

刚从隔壁经过时，隔壁和往常一样关着家门，成曼婉并没有看出有人搬走的痕迹，她有点意外，徐恪钦家里的事明明传得那么厉害，等他搬走的那一天，却是悄无声息的。

成曼婉给郭啸买了款智能手机，价格不算便宜，郭啸看着手机包装，有点后悔跟小姨提要求了。

"其实我只要一个能打电话、发消息的手机就行。"

"既然买了，当然要给你买个好的，这东西又不是一次性的，能用好几年呢，况且小姨看你最近学习劲头很足，将来要是考上了大学，你也得用手机跟其他人联系的。"

成曼婉了解郭啸，郭啸的自觉性和自理能力，比很多同年龄人都要强，他对于"玩"并没有那么向往，他想要手机的想法很单纯。

"给你弄了一张手机卡，拿进去收好，别让你小姨父看到。"

郭啸高兴坏了，赶紧进了房间慢慢研究。使用手机对于年轻人来说并没有什么难度，哪怕郭啸平时很少用，他对打字、发消息这些普通的功能也上手得极快。打开手机的第一时间，他就将小姨和徐恪钦的号码保存进了手机。

郭啸想着跟徐恪钦说一声，手指搁到屏幕上却犹豫了一下，他没有冒昧地打电话，而是选择发消息给徐恪钦。

> 郭啸：徐恪钦，我小姨给我买了部手机，以后我
> 们可以用手机联系了。

搬家对于徐恪钦而言很轻松，他只需要从一个地方挪到另一个地方，中途有车接送，行李有搬家公司搬运，家里有保洁阿姨收拾，他爸爸把一切都安排妥当了，他只需要入住。

徐恪钦收到郭啸的消息时，刚跟他爸吃完饭。

"你在这儿等爸爸，爸爸去开车。"

徐恪钦点了点头，等他爸爸转身进了车库，他才将手机拿出来。能联系上他的人很少，他第一时间想到的是他妈妈，可屏幕上出现了一串陌生号码。

点进消息一看，不难猜对方是郭啸，徐恪钦捏着手机，眉峰微微挑起，郭啸到底有多想联系他，居然会主动跟他小姨提买手机的要求。

冥冥之中，有种怎么也甩不掉的感觉在徐恪钦心头萦绕，他说不上是为什么。

他搬离了化工厂宿舍，原本该和化工厂那边的一切说再见的，

可他又告诉了郭啸自己的地址和号码，他和郭啸之间的联系是他亲手续上的。

正当他想要回郭啸消息时，引擎的响动从车库入口传来，爸爸的车缓缓停在他旁边，徐恪钦揣上手机，坐到了车上。

"先送你回去，爸爸今晚就得走了，还有其他的事，记得打电话。"

天色渐晚，徐恪钦不习惯吹空调冷气，徐圳立特别迁就他便打开了车窗，湿热的晚风灌进车子里，湿漉漉的，不算太热。

从饭店回景山的这条路经过繁华的市中心，车子驶入郊区后，周遭变得安静下来，昏黄的路灯下一片宁静，没有化工厂宿舍附近那种喧嚣的市井感。

徐圳立真的很忙，他都来不及上去坐一会儿再走，等徐恪钦进了家门后，他便开车离开了。

对于早就习惯了独居的徐恪钦来说，两层楼的小洋房还是有点大，有点冷清了，他早把郭啸的消息忘得一干二净，去浴室冲了个澡出来，手机又响了一声。

郭啸兴冲冲地举着手机，把各种应用软件都浏览了一遍，让他兴奋的不是拥有了新手机，他是在等徐恪钦的消息。

几个小时过去，他吃完饭、洗完澡回到房间，还不见徐恪钦回消息。

郭啸实在忍不住了，又给徐恪钦发了一条消息过去。

郭啸：徐恪钦？你没收到吗？

就在他以为自己记错了徐恪钦的电话号码时，那边终于回他消息了。

　　徐恪钦：嗯。

简单的文字，再次唤起郭啸高昂的情绪。

　　郭啸：我就说，我肯定没记错，我一共就记得两个号码，一个是我小姨的，一个是你的。
　　郭啸：明早我早点过去，还能给你带早饭。
　　郭啸：你想吃巷子口的包子吗？你搬走了，想吃到那里的包子都不容易了。

　　徐恪钦没想到自己只回了一个"嗯"，郭啸能噼里啪啦地回复他这么多。
　　他没有特别在意的人，没有特别喜欢的食物，没有特别热衷的兴趣爱好，如果不是郭啸提醒，他压根不会记起巷子口的包子。
　　不知道为什么，徐恪钦有点想再尝尝，他给郭啸回复了消息。

　　徐恪钦：随便你。

徐恪钦的态度冷淡，但这不妨碍郭啸的热情，郭啸单方面跟徐恪钦聊了一会儿后，才恋恋不舍地放下手机。

"郭啸？睡觉了吗？"

听到小姨的声音，郭啸赶紧起身开门。

成曼婉知道郭啸一早要去徐恪钦家里补课，所以替郭啸准备了点东西，她将手里的袋子递给郭啸。

郭啸接过袋子看了眼，里面是一些水果。

"之前徐恪钦给你补课，还没谢谢人家，现在人家搬了新家，我们得拿点礼物上门才是。"

先前成曼婉对徐恪钦还有点看法，觉得这小孩小心思太多，但是后来她又觉得徐恪钦太可怜了，是不是自己对徐恪钦有偏见？郭啸能和他在一起玩，至少能对郭啸的学习有一定的帮助，不是一件坏事。

第二天一早，郭啸把自己的课本和小姨准备的水果，还有巷子口买的包子一并放在了自行车前边的车筐里，刚刚他还在家下载了导航软件，跟着导航的提示，他骑着自行车穿梭在马路上。

从导航上看路程不怎么远，郭啸经过了十来个红绿灯，又驶入郊区，等到景山脚下时，他已经是汗流浃背。

进入景山范围内有一扇巨大的铁门，铁门紧闭，只有旁边的小门半开着，郭啸从车上下来，想要扛着自行车进门。

站得笔直的保安目光灼灼地看着他，看得他不敢进去。

"请问找谁？"保安主动跟郭啸说话。

郭啸的手在裤腿上蹭了蹭，慢慢说："徐恪钦……"

"说一下具体楼号和门牌号,我们得核实一下。"保安提的是正当要求,高档小区为了保证业主的安全是不会随随便便放人进去的。

郭啸蒙了,他不知道徐恪钦家具体住哪一栋楼。

保安狐疑地看着他,问:"你不知道吗?"

连自己要找的人住在哪栋楼都不知道,很难不被人当成可疑人员。

郭啸连忙道:"我打个电话给他。"

电话打通了却没人接,只有让人焦急的"嘟嘟"声。

"我再打一次……"郭啸受不了保安凌厉的眼神,转过身去。他兴致昂扬地来找徐恪钦,没想到连小区门都进不去。

到了新家,徐恪钦不太适应,有点失眠,破天荒地起晚了,他照旧跑完步回家洗澡,手机在卧室里响个不停,他边擦头发边往外走,一看手机,郭啸给他打了好几个电话。

"喂?"

郭啸听到徐恪钦的声音像是找到了救星,连忙说:"徐恪钦,你再不接电话,保安就不让我在小区门口待着了。"

景山的小区保安很严格,他不光不允许郭啸进小区,甚至不让郭啸在小区门口多停留。

徐恪钦让郭啸把手机给保安,他和保安说了几句话,保安这才放行,还非常专业地给郭啸指路。

照着保安所说的位置,郭啸最后在一栋小洋房前停了下来,他不太确定，徐恪钦一个人住一栋房子吗？

就在郭啸犹豫不决的时候，洋房的门从里边打开，徐恪钦穿着居家服，面露不悦地说："你来了不敲门吗？"

"啊……哦……"郭啸本就一身汗，刚才还因为进不来而焦头烂额，他一摸后脑勺，全是汗水。

徐恪钦没有关门，转身进了家门，郭啸把自行车停在一旁，提着东西追了上去。

自己居住的化工厂宿舍和这栋房子是天壤之别，无论是装修风格，还是房子里的家具，都是一个天上一个地下。

郭啸对房价没什么概念，但他知道这栋房子肯定很贵。到了干净明亮的地方，他会下意识地担心邋里邋遢的自己会弄脏这里，甚至不敢往里走。

先前在化工厂宿舍，徐恪钦喜欢拉窗帘，家里总是暗暗的，现在的房子光照很好，里头的装潢是统一的白色调，显得格外明亮。

大房子的空气流通也挺好的，郭啸隐约觉得有一丝凉意。

徐恪钦接了杯水给自己，随意道："旁边有拖鞋，你自己换。"

郭啸换了鞋，拘谨地将东西抱在怀里，徐恪钦见状，眉头皱得更深了。

"你怎么带这么多东西？"

郭啸立马一样一样地解释："这是我的书，这是小姨让我给你带来的水果。"

他看了看徐恪钦现在的家，再看看袋子里的水果，一向不怎么懂得人情世故的郭啸在这一刻也懂了什么叫"寒酸"。

让他更加觉得寒酸的是他给徐恪钦买的包子,包子放在所有东西的最上边,虽然没有被压变形,但骑了这么久的路程,包子早就凉透了,透明的塑料袋贴在包子外皮上,还有一层薄薄的白雾。

徐恪钦肯定不会吃这样的包子,郭啸也拿不出手。

"东西放那儿。"徐恪钦带着淡淡的不耐烦,但没说别的,径直走向茶几旁,拿起遥控器打开了空调,随后看向郭啸,"站过来吹,把你身上的汗味吹散了再干别的。"

徐恪钦真的烦死了郭啸这爱出汗的毛病,稍微运动一下,便浑身湿透了,不怎么白皙的皮肤在阳光的照耀下,好像又黑了几分。

看到郭啸老实巴交地站在中央空调的下边,徐恪钦拿起桌上的包子进了厨房。

冷气从领口灌进郭啸的衣服里,一身的暑气在瞬间消散。

徐恪钦居然没有嫌弃他带来的东西,郭啸难掩心里的高兴,又想到刚刚徐恪钦说过的话,他举着胳膊嗅了嗅,确定自己身上的汗味没那么重了,才心满意足。

等徐恪钦热完包子出来,郭啸跟献宝似的凑到他跟前,说:"吹干了。"

郭啸造成的动静很大,冲到徐恪钦跟前的时候,像是带着风。

徐恪钦不习惯别人靠他太近,往后退了一步,鼻梁微微耸起,整个人像是猫一样警惕,盯着郭啸那张傻笑的脸好几秒才冷静下来。

郭啸的发梢被汗水打湿后又被冷气强行吹干,因此粘在了一块儿，徐恪钦看得眉头紧蹙，对郭啸命令道："去洗把脸，把你的脑袋也擦一下。"

说起郭啸的脑袋，上一次郭啸剪头发还是徐恪钦陪着他去的，如今郭啸的头发又长了起来，看着很邋遢，还是短头发的时候看着顺眼。徐恪钦说："下次来之前把头发剪了。"

郭啸原本想摸脑袋的，徐恪钦一提他的头发，他不知怎么地就摸上了后颈，也不敢问为什么，老实巴交地回了个"好"。

顺着徐恪钦手指的方向，郭啸找到了一楼的厕所，厕所的地板和墙上的瓷砖都锃光瓦亮的，在明亮的梳妆镜前，郭啸看到了狼狈的自己。

身上的短袖深一块浅一块的，脸颊上还有干掉的汗渍，头发也乱七八糟的，难怪徐恪钦会叫他来洗把脸。

郭啸打开水龙头，掬起一捧水泼到脸上，对着镜子揉搓了一下发梢。他的头发很硬，被冷气吹定型后，好像怎么都压不下来。

他脑子一热，索性低头凑到水龙头下，用冷水冲了一下脑袋，水流顺着他的脖子流进了领口，他的脑袋湿漉漉的，衣服也全都打湿了。

找到新毛巾的徐恪钦没想一到厕所，就看到了跟落汤鸡似的郭啸。

郭啸正对着水龙头搓得起劲，余光瞥到徐恪钦站在他身后，他猛地抬起头，水珠甩得到处都是。

他说不上来是为什么，明明很想跟徐恪钦亲近，又很怕徐恪钦对他不满意，怕徐恪钦生气，怕徐恪钦离开，甚至害怕徐恪钦去了新学校会交到新朋友，这种畸形的心态让郭啸自己都无力招架。

徐恪钦懒得跟他生气，把毛巾扔到架子上，指着柜子说道："吹干了再出来。"

郭啸耷拉着脑袋，等徐恪钦离开后才打开柜子，里面放着吹风机。

他在厕所折腾了好一阵，吹干了头发，又吹干了衣服，出来时整个人清爽了不少。

家里静悄悄的，郭啸往客厅张望了一眼，徐恪钦垫着垫子坐在地上，矮脚茶几上是散开的课本和试卷，还有自己给他带来的包子和水果，包子只剩下了塑料袋，水果剥开皮后吃了一半放在那儿。

"你时间很多吗？"徐恪钦冷冰冰地质问道。

郭啸不敢再磨蹭了，赶忙走到徐恪钦身边坐下，把昨天的作业交给徐恪钦检查。

需要死记硬背的东西，郭啸下点功夫就能记住，但需要记忆的学科变多后，死记硬背的学习方式就暴露出严重的弊端，郭啸记不住那么多，碰到稍微需要动脑子的题，徐恪钦反复教他很多遍，他都只是略懂皮毛，没学彻底。数学就更不用说了，英语的语法也是一塌糊涂，他知道用什么词，但是对单词的变形摸不到门路。

学校的测验，老师判卷会比较宽松，可能会酌情给个一两分，但是高考严格，错了就一分不给。徐恪钦让郭啸做过测验试卷，对比之前，郭啸的成绩确实进步了不少，但还是在本科线打转。

考上大学不是什么难事，考上一个好大学却不简单。

郭啸的作业出的错还是徐恪钦强调多次的老问题，郭啸的基础太差，很多初中的内容都没学透，要他短时间内吸收高中两年的课程是一件很为难人的事情，他现在的情况已经比之前好很多了。

徐恪钦把作业放到他面前，说："这道题我已经讲过很多遍了，解题过程给你讲得很详细，你之前也记过，再多看几遍。"

以郭啸的资质，一句话，一道题，要重复上百遍，徐恪钦是不愿意教他的，偏偏郭啸是真的很认真，认真到徐恪钦没办法找借口不兑现自己的承诺。

这种人让徐恪钦觉得窝火又无奈。

郭啸将徐恪钦再次强调的重点又打上了符号，随口问道："徐恪钦，你想好考哪里的大学了吗？"

两个月前，郭啸是没有资格跟人谈论高考的，以他的成绩考不上任何大学。

徐恪钦还没想好，先前他爸提议让他出国，他确实有这个打算，但最近发生这些事情后，他不想出国了。

出国不是像有些人想象的那么美好，背井离乡的日子能有多好？山高路远，到时候爸爸那边有别的情况，自己什么都不知道。

"先前想过要出国。"

郭啸一听"出国"脸色都变了，他以为徐恪钦转校已经离他够远了，怎么还能出国呢？到时候自己想联系他都难上加难。

徐恪钦说话大喘气，他觉得郭啸变脸的模样很有趣，郭啸真的很在意他。徐恪钦继续说道："不过我现在没这个打算，至于考哪所大学，还没想好。"

郭啸松了口气，对徐恪钦的话表示认同，点头道："嗯嗯，在国外谁都不认识，有什么好的？其实国内也有很多好大学，你成绩那么好，肯定能考上的。"

"是吗？"徐恪钦什么都决定好了，但就是不给郭啸一个准信，"国内国外对我而言没什么区别，都是一个人住，如果国外的教学资源更好，为什么不选国外呢？"

郭啸傻眼了，他摸不清徐恪钦到底是什么意思，是想出国，还是不想出国？他笨拙地解释："不是啊……去了国外，你不认识别人，但是现在你不是还有我这个朋友吗？"

"是吗？"

第二次反问，徐恪钦语气中带着轻蔑，郭啸有些不自信了，不敢再大言不惭地提什么朋友。

徐恪钦摊开诗词合集，随手翻了一页，说："就算我考国内的大学，又能怎么样呢？"

郭啸没想到这个话题还能继续下去，他大胆道："你要是考国内的大学，咱俩就又能在同一个城市了，虽然我不能跟你考同一所大学，但是我努力一点，跟你在同一个城市，也能有个照应。"

一时间，徐恪钦不知道该说什么好，他该嘲笑郭啸不自量力，还是该骂醒郭啸他俩的关系没那么好？

他什么都没说，只是低头看着合集上的诗词，送上不怎么由衷的祝福："那你加油。"

听到徐恪钦的"鼓励"，郭啸干劲十足，他肯定不会让徐恪钦失望的。

今天早上耽误了一点时间，临近中午时，郭啸还没离开，遇上了给徐恪钦做饭的保姆。

徐恪钦不喜欢保姆住在家里，所以保姆中午才来，做好中午和晚上的两顿饭菜，收拾好徐恪钦前一天留下的碗筷后才离开。

郭啸有幸陪着徐恪钦吃午饭，他感叹道："徐恪钦，你爸爸对你真好。"

徐恪钦手上的筷子顿了顿，郭啸眼中的"好"很宽泛，班上的同学使唤他做事，他觉得好；有女生跟他说话，他觉得好；自己给他补课，他觉得好；爸爸不过是给自己请了一个做饭的保姆，郭啸也觉得好。

这些都是郭啸极度缺乏的，就好比金钱这个东西，当人缺钱的时候，他会用一切去换取金钱，他会觉得钱就是最好的；当他轻而易举地拥有了金钱后，那么金钱对于他而言就是一串毫无意义的数字，他会向往精神上的满足。

郭啸太容易满足，是因为拥有的太少，想让他开心起来，只需要一部新手机、一通电话，或者一顿饭。

吃完午饭，到了徐恪钦午睡的时间，郭啸得回家了。

正午的太阳正是毒的时候，郭啸顶着烈日在非机动车道上飞驰，耀眼的阳光晒得他几乎睁不开眼睛，他还是觉得很高兴。

越靠近化工厂宿舍，路越窄，路两旁的大树越枝繁叶茂，人行道上的行人也越多。

郭啸都快骑到巷子口了，忽然想到徐恪钦让他剪头发的事情，他一捏车闸，想要折回去找理发店，正巧背后有人用很甜的声音叫他的名字。

“郭啸！”

郭啸迎着光回头，眯着眼看了好一阵，才认出对方是谁，打招呼道：“汪月姗，又是你啊。”

汪月姗今天穿着一身白裙子，马尾扎得很高，脸上挂着笑容，说话时眼睛一眨一眨的：“我还怕遇不上你呢。”

郭啸迷糊了，他跟汪月姗不熟，问道：“你找我啊？”

“对呀。”汪月姗好像很兴奋，跟郭啸说话时会情不自禁地踮脚，“你不是说你暑假作业都写完了吗？能借我看看吗？我还有不会的。”

郭啸挺有自知之明的，汪月姗的成绩虽说赶不上徐恪钦，但不知道甩自己多少条街，郭啸可不好意思在人家面前班门弄斧。

“你不愿意啊？”汪月姗歪着头打量郭啸的表情。

郭啸不会拒绝人，而且他的作业都是徐恪钦教他做的，正确率肯定没有问题，给汪月姗看看也不是不行。

“没有……哪本啊？”

汪月姗看向郭啸自行车筐里的作业，说：“就是这本。”

找郭啸借作业来参考，这是汪月姗找过的最烂的借口，可是郭啸一点都没怀疑，还很好说话地从车筐里拿出作业递给了她。

“给你，可能写得有点乱，我字写得不好……”

汪月姗接过作业，说：“那我怎么还给你啊，你有手机吗？或者家里的座机也行，我打电话给你。"

　　这不是巧了吗？小姨刚好给自己买了手机。他俩互留了联系方式，汪月姗暗自高兴，见郭啸刚刚似乎要掉头，她问道："你不是要回家吗？"

　　"啊？我想剪个头发再回家。"

　　汪月姗面露绯红，说道："要不然我陪你一起去吧，正好我也没别的事情。"

　　"你不用做兼职吗？"

　　"昨天是我兼职的最后一天，快要开学了，做不满一个月就不继续做了。"

　　面对女生的好意，郭啸不知道该怎么拒绝，就稀里糊涂地答应汪月姗一起去发廊。

　　郭啸还是习惯去学校后门那家发廊，路程稍微有点远，骑自行车会快一点，他掌握不好跟人相处的分寸，也不好意思开口说自己载汪月姗。

　　好在汪月姗善解人意，主动道："你载我吧，你骑车的技术怎么样啊？别摔着我。"

　　郭啸想说，他骑车的技术还行，但是没载过人。

　　汪月姗坐在郭啸身后，手轻轻拽着郭啸的衣角，自行车穿梭在绿荫之下，迎面而来的微风撩起了少女的长发。

　　发廊还是老样子，中午人少，店里死气沉沉的，洗头小妹又在椅子上打盹。

　　听到开门声，她才迷迷糊糊地抬起头，她记得郭啸这个抠抠搜搜的中学生，有点不耐烦地问道："怎么又是你啊，干吗？"

中学生来发廊还能干吗？当然是理发。

郭啸跟不熟的人说话还是紧张，说道："剪头发……"

汪月姗找了个位置坐下，随手翻看了一下郭啸的作业。

让她意外的不是郭啸的作业全都完成了，而是作业上有很明显的修改痕迹，修改的过程很详细，像是郭啸自己做了一遍，又有人给他讲了一遍。

"郭啸，你暑假去补习班了吗？"

洗头小妹给郭啸剪头发的时候很毛躁，碎发全往郭啸眼睛里飘，郭啸眯着眼睛回答汪月姗的问题："没有啊，是徐恪钦教我的。"

汪月姗瘪了一下嘴，之前说找郭啸借作业是借口，现在她真得好好看看徐恪钦的解题思路了。

发廊里很安静，只有"咔嚓咔嚓"的剪发声，汪月姗的注意力都在作业上，连洗头小妹叫郭啸进去冲洗都没听到。

等到郭啸彻底弄完，她才回过神来。在她印象中，郭啸好像剪过一次短发，露出点漆似的眼睛后看着很精神，他很适合这样的发型。

付过钱后，两人从发廊里出来，汪月姗想再看看徐恪钦教郭啸的题，说："那这本作业我明天还给你？"

郭啸没多想，答道："行。"

等和汪月姗分开后，郭啸才想起来之前徐恪钦叫他多看几遍的题，就在汪月姗借走的作业上。

自己亲口答应借出去的东西，他拉不下脸找人要回来，郭啸想着算了，等明天汪月姗把作业还给自己，再看也不迟。

晚上，郭啸接到了汪月姗的消息，大概是问他有没有什么要买的学习资料，他们明天可以一起去书店。

郭啸：我还是不去书店了，没什么特别想买的书。

郭啸不觉得自己这是拒绝，只是合情合理地说明了自己的实际情况。

第二天郭啸照旧骑自行车去找徐恪钦，有了前一天的经验，他清楚了路线，门口的保安也认识他了，便毫无波折地进了小区，准时准点地到达徐恪钦家。

等徐恪钦检查完他昨天的作业，冷不丁问了他一句："昨天叫你看的题，你看过了吗？"

徐恪钦说话时没有抬头，郭啸却有种被班主任点到名字的恐慌，他抿着嘴唇，吞咽唾沫的声音很大。

"你没看。"徐恪钦还是没抬头，把试卷翻了个面，"这道题跟昨天给你讲过的题的做法一模一样，只是从填空题变成了选择题，照理来说更简单了一点，你还是没做对。"

郭啸向来是不敢偷懒的，徐恪钦让他做什么，他从不拖延。让他没想到的是，自己只是有一丁点儿的懈怠，都能被徐恪钦发现。

"嗯……我打算今天回去看……"

看了就是看了，没看就是没看，徐恪钦不爱听借口，说："那今天让你记的，你打算留到明天记？以你的脑子，一天能记下那么多东西？"

"我没有偷懒，有人借走了我的作业。"郭啸生怕徐恪钦生气，连忙跟徐恪钦保证，"我今天回去一定看，肯定能记下来。"

"谁找你借作业？"

"汪月姗。"郭啸跟徐恪钦解释了一下，自己跟汪月姗是怎么遇上的，又怎么聊到了作业，"我觉着，汪月姗借走我的作业，是看在你教我的分儿上，她昨晚还问我要不要一起去书店买学习资料，我想还是算了，我能把课本上的题做会已经差不多了。"

徐恪钦"哦"了一声，没再继续这个话题。

新学期开学，徐恪钦这样的人物没有出现，自然引起了大家的注意，但是他们很快便从班主任口中得知，徐恪钦转学了。

班上同学的反应不一，有人显得有点失望，而那些背地里讨厌徐恪钦的人，听到他转学的消息都不知道有多高兴。

"好了，我们新学期还有新的任务，高中最后一年时间很紧，下周会有模拟考。"

开学就模拟考，大家发出一阵哀号。

新学期第一天，大家还未从暑假中抽离出来，上课时明显不在状态，整个教室里死气沉沉的，直到下课铃响，班主任走出教室，气氛才渐渐活跃起来。

汪月姗朝身后看了一眼，郭啸旁边徐恪钦的位置空了出来，郭啸还是老样子，在班上没什么聊得来的同学，不是被人当空气，就是被人当猴耍。

最近汪月姗和他联系得挺频繁，晚上能通过手机聊上一两句，她还教会了郭啸用社交软件。郭啸好像对什么都感到新奇，性格憨憨的，但是不会没有分寸，不会说一些让女生下不来台的话，总之和他相处起来很舒服。

可能是汪月姗的眼神太专注，郭啸一抬头，两人的目光便对上了。

汪月姗很大方，起身走到郭啸身旁坐下，说："郭啸，徐恪钦转校的事情，你是不是早就知道了？"

教室里闹哄哄的，汪月姗的声音不大，只有郭啸能听清楚。

郭啸不仅知道徐恪钦转校，还知道徐恪钦搬家，还知道徐恪钦好多好多的事情，但他不是一个多嘴的人，徐恪钦选择搬家、转校，就是因为在原来的环境中烦人的事情太多。

他没正面回答汪月姗的问题，只是咧开嘴傻笑了一下。

汪月姗见他不愿说，也没有强求，只说："中午我们一起吃饭吧。"

"啊？"郭啸傻傻地问道，"为什么？"

汪月姗失笑，说："这还用问为什么啊？同学一起吃午饭不是很正常吗？而且徐恪钦转学了，还有其他人约你一起吃午饭吗？"

确实没有，除了徐恪钦外，汪月姗是第一个友善对待他的同学。

"徐恪钦转校了，你总要结交新朋友的。"言外之意，汪月姗就是那个新朋友。

难得有人不嫌弃自己，郭啸点了点头，但他心里有点惆怅，徐恪钦去了新环境也会有新朋友的吧？虽然他脾气不怎么好，但是日子久了，总会有一两个合得来的。

等到那个时候，徐恪钦还会搭理自己吗？郭啸不太确定，他不自信。

见郭啸若有所思的模样，汪月姗从兜里摸出两颗糖，说："对了，这是我在家自己做的牛轧糖，给你尝尝。"

这牛轧糖做得跟外面卖的一样，还用彩色的包装纸密封起来。汪月姗的手真巧，她成绩好，长得也漂亮，笑起来眉眼弯弯的，跟她说话，不像跟徐恪钦说话那样压力很大。

升入高三，学生会多上一节晚自习，郭啸到家后天都黑了，他很想知道徐恪钦在新学校过得怎么样，于是他洗完澡立马给徐恪钦打了电话。

"喂？"从电话里郭啸能听到徐恪钦那边的声音，不像是在家里，"徐恪钦，你没到家啊？"

"在车上。"

景山的位置偏僻，再加上徐恪钦现在读的是私立高中，高三晚自习比原来的学校多上一节课，他不愿意住校，所以到家的时间会比较晚。

"新学校怎么样啊？"

车上没有开空调，徐恪钦靠在车窗旁，看着窗外不断后退的景色。

他和郭啸的联系已经很自然地成了日常生活的一部分，因为不只是郭啸能联系的人少得可怜，他自己也是这样。

"什么怎么样？"徐恪钦有些倦怠地敷衍郭啸那些废话问题。

"就是新同学怎么样，学校怎么样啊？"郭啸也说不出个所以然来。

"就那样和以前没什么两样。"

徐恪钦跟谁都不熟，老师是那样，同学也是那样，私立高中也就特别在"私立"这两个字上，甚至因为新学校少了一个像郭啸这样的，他的学习生活反而少了很多的乐趣。

"没有什么关系特别好的同学吗？"

"第一天去，能和谁关系特别好？"

听到徐恪钦这么说，郭啸竟然莫名地松了口气。他不是个藏得住心事的人，特别是在徐恪钦面前，他只是轻轻呼出了一口气，便被徐恪钦看出了心里的想法。

"你到底是想我能交到朋友，还是不想？"

郭啸被徐恪钦说蒙了，因为这个问题连他自己都回答不上来。原则上，徐恪钦去了新环境，想要快速融入其中，就得交朋友，但是郭啸实际上不想徐恪钦跟别人关系太好。

郭啸没那么多心眼，逞强一下后，选择坦诚面对徐恪钦："想又不想吧。"

郭啸是个重感情的人，他和徐恪钦的关系，他恨不得能维持一辈子，他不想因为距离、时间这些客观因素，和徐恪钦渐行渐远。

没人能明白他的寂寞，他拥有的很少，徐恪钦可以说是他唯一的朋友。

感情本就是自私的，不管是爱情、友情还是亲情，占有欲是所有情感的一种表现。

他想和徐恪钦去同一个地方读大学，不是他随口说说的，他是真心实意地这么想。

"我已经转校搬家了，也快高考了，我们迟早都得分开，你我都得面对很多新人，你难道打算一直跟着我？"

徐恪钦不是不记得郭啸说过要跟他去同一个城市念大学的话，只是他觉得可行性很低，也觉得没有必要。

"不行吗？"郭啸带着几分期许反问道，"我说真的，你去哪个地方读大学，我就去哪个地方读大学。"

微风撩动着徐恪钦额头的碎发，发梢扫过他的眼睛，痒痒的。

"你就这么想跟着我？"

徐恪钦有得选，郭啸没得选，他不求徐恪钦只有他一个朋友，但是他希望他俩能是最要好的朋友。

"嗯。"在徐恪钦看不到的地方，郭啸的表情无比真诚。

徐恪钦被风吹得眯起了眼睛，郭啸好像一只自己在路边随手救助的小狗，甚至都算不上救助，只是心血来潮逗他玩了一会儿，他却像是认主了一样，摇着尾巴紧跟在自己身后。

郭啸又说了一会儿废话才挂电话，手机还亮着，又有消息弹出来，是汪月姗发给他的。

汪月姗：周末去书店吧？

新学期要买的学习资料还挺多的，出于习惯，郭啸会先考虑空余时间是不是该去找徐恪钦，所以他没有直接答应汪月姗。

　　郭啸：周末再说吧，不知道还有没有其他的事。

　　如果换成别人，汪月姗肯定觉得对方是找借口敷衍她，可郭啸不会说谎，不会委婉，他大概是真的有事。

　　汪月姗：那好吧，周末再问你。

　　高三的每一次测验都很重要，开学第二周的周考弄得大家人心惶惶，连周末都没心情过了。
　　周五晚上下了好大的雨，郭啸没准备伞，冒着大雨跑回了家。家里没人，他洗漱完便关好门窗，回到了自己房间。

　　郭啸：好大的雨啊，徐恪钦你带没带伞啊？
　　郭啸：我刚刚是跑回家的。
　　郭啸：我小姨出差去了，得去好几天。
　　郭啸：小姨父也不在家，不知道去哪里了，应该是去打麻将了吧。

　　不需要徐恪钦回复，郭啸一个人也能自说自话，他正想问问明天他俩要一起学习吗，从门外传来了砸门的声音。
　　"谁锁的门？"

郭啸一听，是小姨父的声音，他立刻放下手机，拿起旁边的钥匙，去给小姨父开门。

门一打开，迎面扑来一股子浓烈的酒气，小姨父喝得通红的脸颊，在昏黄的声控灯照射下，显得更加地红润。

他指着郭啸骂道："你锁门干什么？真当这儿是你家了？"

郭啸以为小姨父不会回来，刚想解释，也不知道他哪儿来这么大的力气，拽着郭啸的手腕把人直接推了出去。

小姨父"砰"的一声关上门，紧接着从里面传来反锁门的声音，他叫嚣着："你再给我锁一个试试？！"

郭啸傻站在门口，直到走廊上的声控灯灭了才回过神，他敲门求饶："小姨父……你别把我锁在外面……"

回应郭啸的只有震耳欲聋的雷声，走廊上冷冷清清的，窗户的缝隙里透出微弱的电视光。

隔壁徐恪钦家早就没人住了，没人会在这个时候开门看他一眼。

他茫然地站着，因为他刚刚换了睡衣，口袋里一毛钱都没有，手机也没带出来，手里只有一串钥匙，他盯着自行车车锁的小钥匙发呆。

徐恪钦洗完澡出来，手机上全是郭啸给他发的消息，郭啸废话太多，他懒得一一回复，只是针对最后一个问题给出了答案。

徐恪钦：随便你。

回完消息，徐恪钦去厨房倒了杯水，出来后，他破天荒地发现郭啸居然没有回复。

这是太阳打西边出来了吗？平时自己一句话不说，郭啸都能发个十句八句的。

金属质感的东西导热性很强，郭啸手里的钥匙很快被他攥得发烫，他用拇指抚摸着钥匙上的纹路。

其实他明白，他和徐恪钦关系好像很好，好像又没那么好。好是因为徐恪钦会给他补课；没那么好是因为自己去他家要提前报备，在没有得到徐恪钦的同意下，他不敢擅自做任何决定。

他和徐恪钦没有熟到不分彼此的地步，他大概还没有走进徐恪钦的内心，徐恪钦对自己还是有所保留。

就像今晚，自己无处可去的时候，会第一个想到徐恪钦，但是又担心自己贸然去找徐恪钦会惹他生气。

从家里传来了电视的声音，郭啸走到窗边，从缝隙中看到小姨父惬意地躺在沙发上，明知道自己在门外，他也铁了心不会开门。

除了找徐恪钦，自己还能找谁？找小姨吗？郭啸很快打消了这个念头。小姨现在不在市里，自己联系她，只会让她担心。

好像自己能找的人只有徐恪钦，除了徐恪钦，郭啸想不到第二个人。

郭啸揣上钥匙，转身往楼下跑，他对徐恪钦还是心存期待。

自行车就放在一楼拐角处，郭啸下楼的动静弄亮了声控灯，他借着声控灯的灯光，用钥匙打开了自行车锁。

夏末的暴雨来得又急又猛，豆大的雨水铺天盖地倾泻下来，阻挡了郭啸的视线，远处是灰蒙蒙的一片，呼吸时湿冷的空气顺着鼻腔进入肺里，凉透了。

郭啸没有多想，骑上车一头扎进了大雨之中。

他原本打算给徐恪钦打个电话，出了巷子才发现街边的小卖部关门了，街两边的铺子都大门紧闭，路上看不到行人，偶尔会路过一辆拉着客人的出租车。

郭啸觉得他是幸运的，至少记得徐恪钦家的方向。

下着暴雨的夜晚，越往郊区骑，越看不到车，雨水顺着郭啸的脑袋流下，他眼前有些模糊，冷和累都感觉不到了，只有双脚机械地蹬着车。

雨势很大，到了景山山脚下，汇流的积水到了能淹没脚脖子的位置，让他完全看不到地面上的情况。雨水带来的阻力很大，郭啸只能下来推车。

他好不容易走上了山，雨势也渐渐小了下来，但大铁门上悬挂着冰冷的门锁，生生把郭啸挡在了外面。

保安室里亮着灯，郭啸犹豫了一下，上前敲了敲玻璃。里头的保安正在打盹，听到声音他眯起眼睛，透过玻璃瞧见一个浑身湿透的男孩。

"嘶……"保安吓了一跳，连忙起身，拿着伞走出了保安室。他记得郭啸，但记得不代表就能放郭啸进去，况且人家业主也没跟自己事先打过招呼，他不可能随意放行，"你怎么这个时候来啊……"

郭啸咽了咽唾沫，刚才迎着风骑了好久的车，他的嗓子像是被冷风刮伤了，吞咽唾沫都觉得生疼，像是被刀刮一样。

"我来找徐恪钦。"

保安很为难，瞥了眼郭啸身边的自行车，也不知道郭啸从什么地方过来的，全身都湿透了，他说："你给业主打个电话吧，我不能随便放你进去，万一出了什么问题，我负不起这个责任。"

郭啸抹了把脸上的水，说："我没带手机。"

现在的雨已经不如刚刚那么大了，保安举着雨伞，一时间不知道该说什么好。他把郭啸招呼进保安室，答应帮郭啸打电话给徐恪钦。

郭啸感激地说了声"谢谢"，自己需要联系的人不多，小姨和徐恪钦的号码他都记在脑子里，保安输入好号码，正准备打出去，郭啸突然喊了一声："等一下。"

他还没想好怎么跟徐恪钦说，说自己又被赶出来了，所以呢？所以就想到了徐恪钦？万一徐恪钦已经睡了呢？万一徐恪钦不答应呢？自己再骑着自行车原路返回吗？雨已经小了很多，好像原路返回也没那么难了。

"怎么？不打啊？"保安举着电话，一脸茫然地看着郭啸。

郭啸舔了舔嘴唇，说："打吧。"

保安室里很安静，等待电话接通的那几秒钟令人煎熬，郭啸屏住呼吸，殷切地注视着保安手里的电话，直到电话被接起。

"喂，您好，请问是徐恪钦业主吗？"保安看了郭啸一眼，他还不知道郭啸叫什么，他捂住电话听筒问道，"你叫什么啊？"

"郭啸。"

郭啸耳边嗡嗡作响，他听不太清保安和徐恪钦说了什么，但从保安的表情来看，他分辨不出徐恪钦有没有答应让他进去。

良久，保安说道："行，那你出来看看，他就在保安室。"

徐恪钦没有收到郭啸的回复，也没太放在心上，他没有熬夜的习惯，到了时间便上楼去休息。

手里的书看了没两页，搁在床头柜上的手机就响了，来电显示是陌生号码。徐恪钦对很多的事情都漠不关心，他不太想接陌生号码的来电，但是对方似乎很执着，一直没有挂断，等到铃声的最后几秒，徐恪钦才接起来。

来电的人说自己是小区的值班保安，小区门口有人来找徐恪钦。

徐恪钦下意识地以为是他妈妈找到这来了，但听到郭啸的名字时，他愣了一下。

郭啸这个时候来找自己干吗？

此时窗外的雨被夜风拍打在玻璃上，徐恪钦合上书，说："那我出来看看吧。"

他挂了电话后，再次点开他给郭啸发的消息，确认郭啸没有回复。

雨变小后，风没有变小，徐恪钦穿着睡衣出门觉得有点冷，还未走到铁门前，他便远远地看到了停在保安室旁边的自行车。

真是郭啸。

保安室的门开着，雨水滴落在水洼里发出清脆的响声，保安让郭啸坐着等，郭啸不肯，非要杵在门口，冷风吹得他鼻涕都快出来了。

保安正想给郭啸找条毛巾擦擦，门外似乎传来了响动，没等他有反应，郭啸先一步跑了出去。

小铁门后面站着个打伞的人，那人的裤腿被雨水打湿，身上的衣服略显单薄，随后雨伞缓缓朝上抬起，露出徐恪钦的半张脸。

郭啸想喊徐恪钦一声，声音卡在了嗓子眼里。

"来了。"保安也在这个时候跑了出来，手脚麻利地打开了小门，"不好意思啊，大半夜的让您跑一趟，主要是得跟业主确认一下才能放行。"

徐恪钦朝保安点了点头，说："麻烦了。"

郭啸把自行车搬进后门后，保安便又窝进了保安室里，留下郭啸和徐恪钦独处。

从郭啸短信的内容和郭啸此时此刻的样子来看，他肯定又被他小姨父赶出了家门。

让徐恪钦意外的是，郭啸居然会来找自己。

"徐恪钦……"郭啸扶着自行车站在徐恪钦跟前，觉得有必要跟徐恪钦解释一下，"我小姨父喝多了……把我从家里撵出来了，我又没带手机……"

难怪郭啸没回复自己的消息。

"所以呢？"徐恪钦的声音冷冰冰的，像是夹杂着风中的雨水。郭啸说话总是这样说不到重点。

郭啸抠着自行车扶手，犹豫道："你能不能让我住一晚……"

郭啸想徐恪钦之前也让自己借住过的，对自己也挺好的，他不会那么绝情。

"为什么？"

徐恪钦把郭啸问蒙了，自己不是说过原因了吗？

他眨着眼睛，不解都写在了脸上。

徐恪钦表情淡漠，语气中不带任何情绪，"好心"重复了一遍问题：“为什么会找我？”

"因为……"郭啸语塞，徐恪钦冷淡的表情让他打起了退堂鼓，他说不出来为什么。

其实徐恪钦清楚原因，因为对郭啸好的人只有他小姨一个，小姨不在家，他找不到其他能帮他的人，他是无助孤独的可怜虫。不是还有汪月姗吗？人缘不怎么好的郭啸，不是还认识一个汪月姗吗？

他要问的不是郭啸为什么会被赶出来，他想知道的是郭啸为什么觉得自己会帮他？郭啸为什么选他？

小雨还在下，郭啸站的位置快被他站出一个水坑了。他嘴唇惨白，胳膊上起了一层鸡皮疙瘩，连说话都不太利索。

"我们……是朋友。"郭啸的声音小到快要听不到了。

这样的理由对徐恪钦而言是站不住脚的，在他心里人与人之间的关系很脆弱，他想知道郭啸是不是在任何情况下都会第一个想起自己。

"你可以找汪月姗。"

郭啸不明就里，徐恪钦为什么会提到汪月姗？

"为什么不找汪月姗帮忙？"徐恪钦厉声追问。

"我……没想过找汪月姗……"虽然郭啸不知道汪月姗会不会帮自己，在他心中，他和汪月姗没那么要好。

徐恪钦凝视着郭啸，问："是吗？你只想到过我是吗？"

虽然不知道徐恪钦为什么这么问，郭啸还是老实回答："是。"

"郭啸，你记清楚你今天的回答，看清楚今晚是谁把你接回家的，以后千万别让我失望。"

徐恪钦郑重其事的模样，让郭啸有些不知所措，他当然记得接他回家的人是徐恪钦。

郭啸洗完澡出来，被冻得无法思考的脑袋才渐渐恢复运作，他记得他是怎么被徐恪钦带回家的，记得徐恪钦上楼给他拿了换洗的衣服，记得徐恪钦教他怎么用浴室的花洒。

一楼客厅只开了一盏落地灯，徐恪钦习惯性地坐在地毯上，温柔的灯光照着他的侧脸，他的目光注视着手里的手机，直到听到了脚步声，才转头看向从浴室出来的郭啸。

郭啸跟徐恪钦差不多高，徐恪钦的睡衣他穿起来很合身，郭啸的头发前不久才剪过，很短，用毛巾擦一下便干了。

"徐恪钦……"郭啸一说话，鼻腔里一热，鼻涕快跟着流出来了，他不好意思地吸了吸鼻子。

徐恪钦不由得皱起了眉头，尽管知道郭啸是在雨里冻太久所以着凉了，还是忍不住地嫌弃。

这里比化工厂的房子好太多了，房子面积大，房间多，装修精美，郭啸还不知道徐恪钦会怎么安排他，他睡客厅也行。

想着想着，他打了两个喷嚏，徐恪钦的眉头皱得更厉害了。

刚从浴室出来，郭啸就觉得很热，脑袋也晕乎乎的，想要张口说话，嗓子比方才还要疼。

"徐恪钦……"他总是喊徐恪钦的名字，"我有点热。"

在落地灯的照耀下，郭啸的脸颊很红。

徐恪钦随手把手机放到茶几上，说："我家没有感冒药，这么晚了，雨又下大了，没人愿意接这么偏僻的跑腿单子。"

热流随着郭啸的呼吸涌进鼻腔，他觉得徐恪钦对他还是挺好的，他也没那么娇气。

徐恪钦看着郭啸发烫的脸，心情有点复杂。他一直以为没脑子的人是不会生病的，原来傻子也会发烧，而且这个傻子还没意识到自己发烧了。

正当徐恪钦想要开口说话时，郭啸抢在他前面道："没事，我睡一觉就行了，不用感冒药。"

徐恪钦抿着嘴唇，上下扫了郭啸一眼，点点头，反正眼下没有别的办法，也只能这样了。

"我睡……这儿就行了……"郭啸指着徐恪钦旁边的沙发说。

徐恪钦不给他选择的权力，说："睡房间。"

随后，徐恪钦将郭啸领上了二楼的客房，现在家里有保姆收拾，用不着郭啸睡客厅。

徐恪钦站在房间门口没有进去，离开前说："我的房间在隔壁。"

等徐恪钦的房间门关上后，郭啸才后知后觉地说："晚安。"

起初，因为有点发烧，加上鼻塞，郭啸睡得很难受，直到后半夜，他伴着雨声才渐渐入睡。

下了一夜的小雨终于在清晨停了，郭啸盯着天花板出神，感觉头有些昏昏沉沉的，脑子没有完全清醒，他花了好大的工夫，才想起自己是在徐恪钦家里。

他伸手盖住额头，上面有淡淡的汗渍，烧好像退了，只是鼻塞的情况没有好转，好在鼻塞了一整夜他已经习惯了。

他四下张望，房间里没有钟表可以看时间，他只能走出房间。

整栋房子静悄悄的，想起徐恪钦的房间就在隔壁，郭啸往前走了两步。

"徐恪钦……"他敲门的动作很轻，声音哑得要命。

没人回应郭啸，郭啸有些茫然地站在原地，不知该如何是好。

直到从楼梯口传来脚步声，郭啸转头看了过去，是徐恪钦家的保姆。

"你是郭啸吧？徐恪钦去晨跑了，不在房间里，你退烧了吗？先下来把药吃了。"

郭啸这才反应过来，徐恪钦是有晨跑习惯的，自己都醒了，他肯定不会赖床。

保姆说她带了退烧药，郭啸想，肯定是因为景山这边不方便买药，所以徐恪钦才会麻烦保姆的。

到了楼下，郭啸洗漱了一番然后走到饭桌前，保姆不光准备好了退烧药，还做好了早饭，她没有待太长的时间，收拾完便离开了。保姆离开不久，徐恪钦也跑完步回来了。

郭啸睡了一觉，又吃了早饭，除了说话有点困难之外还是很精神的，他想跟徐恪钦道谢，还想跟徐恪钦借手机给小姨打电话。

"徐恪钦，保姆阿姨带给我的退烧药我吃过了，谢谢你。我能不能借一下你的手机？我想给我小姨打个电话。"

昨晚他没有给小姨打电话就是怕她担心，现在说什么都得联系上小姨。

徐恪钦没有拒绝，把手机递给郭啸，径直上楼去洗澡。

成曼婉接到电话，听郭啸说他在徐恪钦家时沉默了一下，随后嘱咐郭啸不要给人添乱，告诉郭啸自己还得过几天才会回家，会把生活费直接转给徐恪钦。

挂了电话郭啸才反应过来，小姨可能误会了，以为自己能在徐恪钦家里住到她回来，可是自己还没询问徐恪钦的意思呢。

徐恪钦洗完澡换了身衣服下来，正好小姨的电话又打来了，郭啸当着徐恪钦的面接起了电话。

"你问问徐恪钦，转到哪个账户上。"

郭啸觉得自己脸皮挺厚，昨晚是自己自作主张跑到人家家里来，今天还打算继续住下去。

郭啸属于藏不住心事的类型，所有的想法都写在了脸上，即便徐恪钦没那么神通广大，也能看出他在想什么，知道他有事要跟自己说，碍于郭啸正跟他小姨通电话，徐恪钦并没有开口询问。

成曼婉担心外甥傻乎乎的，会把账户弄错，于是说："这样吧，你要是问不清楚就把手机给徐恪钦，小姨跟他说。"

郭啸骑虎难下，只能硬着头皮把手机递给徐恪钦，说："徐恪钦……我小姨……"

电话里，郭啸的小姨先谢谢徐恪钦收留郭啸，又问了徐恪钦能收钱的账户，这话说得不清不楚的，徐恪钦瞥了郭啸一眼，郭啸眼神闪躲，大概猜到是怎么回事了。

他没有让郭啸难堪，应道："我发短信给您吧。"

看这样子，郭啸的小姨还得过几天才能回家，郭啸没地方能去，又不好意思跟自己开口。

让郭啸住一天，还是住几天，对于徐恪钦而言没有区别。如果他不愿意，昨天晚上就不会领郭啸回家。

"徐恪钦……我小姨误会我的意思了，她以为我要还在你家住……不用这么麻烦你的……"

就在郭啸支支吾吾地解释时，徐恪钦的手机发出"叮"的一声，是转账的短信提醒。

徐恪钦没去看短信，问道："你小姨父今天得上班吧？"

"嗯……"郭啸傻乎乎地点头。

"回家拿你的书再过来。"

郭啸瞳孔放大，眼睛顿时亮了。徐恪钦让他住下来了！他一激动便拉住了徐恪钦的手腕，笑容有些不自然地显露在脸上。

怎么办，他该跟徐恪钦说什么好？徐恪钦真的对他很好……简直太好了。

徐恪钦不太习惯别人触碰他，立刻掰开郭啸的手，看到郭啸身上还穿着他的睡衣。郭啸昨晚换下来的衣服，保姆今早才洗好，他又带着郭啸上楼，把自己的运动服借给了郭啸。

他俩个子差不多，徐恪钦稍微高那么一点，运动服宽松，郭啸穿上挺合适的。昂贵的东西穿在身上，即便是郭啸这样的傻大个，看着也顺眼了不少。

"你要跟我一起去吗？"郭啸的鼻音很重，嗓音沙哑后，音调低了好几个度，一说话就会拉扯到嗓子，特别难受，但是这压抑不住他的喜悦。

"嗯。"

徐恪钦自打搬到这儿来，已经很久没有跟他妈妈联系了，妈妈不知道自己的地址，就算知道，小区安保系统比较严，她想要进来也不是件容易的事情。

郭啸欣喜若狂，徐恪钦还陪他去拿书，他除了满腔的感激，找不到其他形容词来表达他内心的感觉。

天气慢慢放晴，他俩骑车下山时太阳正在徐徐升起，柔和的阳光从树杈之间的缝隙投下来，风吹得人很舒服。

这份莫名的惬意让郭啸很想跟徐恪钦说话，哪怕没什么话题可说："徐恪钦，你想顺道去别的地方吗？"

郭啸不知道徐恪钦去化工厂的目的，徐恪钦也懒得跟他解释，随便找了个理由搪塞过去："去书店看看吧。"

提起书店，郭啸隐约觉得自己把什么事给忘了，他俩刚好骑到山脚下，来来往往的车辆变得多起来，他便没再强迫自己想。

化工厂的老街还是老样子，周末早起的人也不少，郭啸他们到的时候，正好赶上晨练的大爷大妈买菜回来。

徐恪钦不会因为别人而感到难堪，他跟着郭啸一起进了院子，走到原先居住的地方还问了一句："这房子没租出去？"

"没有吧，没看到有人来看房。"郭啸摸出钥匙开门，小姨父已经去上班了，客厅地上有不少垃圾，沙发上的毯子也没叠。

郭啸简单收拾了一下，找到自己要用的课本，想着在徐恪钦家得住几天，又带上了充电器和手机。

郭啸按了一下手机，想看看有没有电，结果屏幕上全是汪月姗给他发的消息。

　　汪月姗：郭啸，你决定得怎么样了啊？

　　汪月姗：周六不行就周日吧？

　　汪月姗：怎么不回我消息？

　　汪月姗：郭啸，你在吗？

他差点忘了汪月姗约他周末去书店的事，自己还没给人家确切的答复呢。

一晚上没回复人家消息，郭啸有点过意不去，他想反正他跟徐恪钦也去书店，不如就让汪月姗跟他们同行。

他没有多想，给汪月姗回复了消息。

　　郭啸：不好意思，昨晚手机没带在身边，所以没有及时回复你，我们一起去吧。

汪月姗没有责怪郭啸，他俩商量好见面的地方，郭啸这才想起自己没有事先问问徐恪钦的意见，刚答应了汪月姗，郭啸又不好立马反悔，只能怪他又自作主张了。

他抱着书包走出房间，见到徐恪钦坐在客厅等他，他莫名有点心虚，轻声说：“徐恪钦……”

徐恪钦低头看着手机，听郭啸的语气不太对，他连头都没抬就知道郭啸肯定又有什么事。

“那个……”郭啸舔了舔嘴唇，小心翼翼地去打量徐恪钦的脸色，“你不是说要去书店吗？”

去书店是徐恪钦随口胡诌的借口，谁知郭啸还记在心上，他给了郭啸一个眼神，示意郭啸有话直说。

郭啸咽了咽唾沫，嗓子里火辣辣地疼，继续说：“就是……汪月姗也想去书店，我刚刚叫她和我们一起了，我忘了问你，可以带她一起吗？”

郭啸想到徐恪钦这个人不是特别热情，先前跟汪月姗也闹得不太愉快，他俩见面说不定会尴尬，他像是脑子抽筋了一般，说：“要不我先陪她买完书，再去找你？”

话音刚落，郭啸便隐约觉得自己说错了话，忙不迭改口：“还是一起去吧……你要不想有其他人一起，我们买了书就走。”

郭啸把他认为可行的方案都提供给了徐恪钦，顺带把选择的权力交到了徐恪钦手上。

“那一起吧。”

第四章　不辞而别

汪月姗跟郭啸约好在路口见，郭啸的打扮跟平时不太一样，那套运动服看着有点眼熟，汪月姗不太记得在哪儿见过，直到看到郭啸身后的徐恪钦，她才想起来这应该是徐恪钦的衣服，原来郭啸口中的"我们"，不是指郭啸和她，而是郭啸和徐恪钦。

又是徐恪钦。

先前那事过去了那么久，汪月姗对徐恪钦也没什么意见了，她不是一个斤斤计较的人，单方面算是冰释前嫌了，还主动跟徐恪钦打招呼。

徐恪钦冲她点了点头。

郭啸觉得气氛比他想象中和谐得多，露出他的大白牙，夹在两人之间傻笑。

郭啸跟徐恪钦是骑车来的，留汪月姗一个人走路好像不太合适，指望徐恪钦载人是不可能的，只能郭啸载着她。

汪月姗早就发现郭啸的声音不对劲，她小声问道："你感冒了？"

"咳……有点……"

"我又做了牛轧糖，只带了两颗，你跟徐恪钦一人一颗吧，我揣你兜里了。"

说着，汪月姗将手里的糖塞进了郭啸的衣兜里。

汪月姗心想，徐恪钦不是转校搬走了吗？怎么又跟郭啸一起玩，他俩关系有这么要好吗？真看不出来徐恪钦这样性格的人，还会跟谁关系特别好。

当着徐恪钦的面，汪月姗不好多问，只好将这些疑问都埋进心里。

新学期开学，书店里的人还挺多的，郭啸站了没两分钟便想要去厕所，留下汪月姗和徐恪钦两人在书架前。

郭啸一走，两人又没有共同语言，汪月姗只能叫来工作人员帮她找一下老师建议购买的学习资料。

工作人员找到后，汪月姗还帮郭啸要了一份，见徐恪钦站在一旁，她多嘴问了一句："徐恪钦，你要买吗？"

她不知道徐恪钦转到哪所学校去了，每位老师的要求不同，学习资料自然也不同，汪月姗这么问纯属是出于礼貌，是想找个理由跟徐恪钦说话。

"不用。"

见徐恪钦回话了，汪月姗解释道："郭啸一开始没说清楚，我不知道你跟他一起来的。"

徐恪钦随手拿过旁边的小说，说道："买书而已，无所谓。"

徐恪钦还是老样子，语气算不上客气，总是侧着身子跟人说话，光从肢体语言便能让人感觉到他不想聊天。

曾经自己也厚着脸皮，三番两次地主动找徐恪钦说话，他这样的人是焐不热的。

汪月姗索性不再挑起话题，两人沉默了一阵，直到郭啸从厕所回来。

"郭啸，这是老师说的学习资料。"

汪月姗帮郭啸付了钱，郭啸接过袋子后连忙想要掏钱还给人家，可是他刚出门又忘了带钱，他只能朝徐恪钦投去求助的目光。

徐恪钦不动声色地移开眼神，看向旁边的书架，随手拿起一本书翻动起来。

"等一下啊。"郭啸没办法，只好走到徐恪钦跟前，小声道，"徐恪钦，你能先帮我把汪月姗垫付的钱还了吗？"

汪月姗正想叫郭啸不用着急，只见徐恪钦掏出了钱递给郭啸。

郭啸乐呵呵地接过钱还给汪月姗，还说了声"谢谢"。

汪月姗买完书就不想在书店多待了，说："郭啸，你能送我回去吗？我家离这儿不远，骑车十来分钟就到，很快的。"

要是徐恪钦不在，郭啸肯定一口答应，他知道现在是大白天，徐恪钦一个战斗力比自己强的人是不需要自己守着的，送女生回家反倒比较合适，但他还是会下意识地优先考虑徐恪钦。

今天的徐恪钦似乎特别好说话，只说道："去吧。"

不知道为什么，徐恪钦的话让汪月姗听得很难受。为什么郭啸事事都要征求徐恪钦的同意？就连郭啸要不要送自己回家，都得经过徐恪钦开口。

出了书店，身边是川流不息的车辆，虽然吵闹了一点，但汪月姗总算不用再见到徐恪钦。

"你家在哪个方向啊？"郭啸打开自行车锁。

"琼山路。"

周末，街上的车比平时要多，在红绿灯前走走停停，十分钟的路程比郭啸想象中要远，把汪月姗送到小区门口时，他害怕徐恪钦等急了，想要快点离开。

"那我先走了。"

汪月姗道："嗯，谢谢你。"

郭啸骑着车原路返回，在书店里转了一圈。

忽然，他意识到徐恪钦不在这里。徐恪钦去哪儿了？

郭啸怕自己看漏了，又围着书架仔仔细细找了一遍，还是不见徐恪钦的人影，他赶忙跑出去打电话。

电话响了没两声，很快被接起，郭啸喘着粗气道："徐恪钦……你怎么不在书店……"

手机里传来徐恪钦冷若冰霜的声音："我有说过要等你吗？"

郭啸还在状况之外，手机里便传来了徐恪钦挂断电话的声音，他举着手机，眼睁睁地看着屏幕灯熄灭。

什么意思？

郭啸努力回想了一下刚刚发生的事情，汪月姗要自己送她回家，自己问过徐恪钦的意思，徐恪钦也亲口答应让自己先送汪月姗回家。

但是，徐恪钦确实没有答应过要等自己回来，那徐恪钦提前离开是因为什么？

因为他生气了？为什么生气啊？如果徐恪钦不愿意，为什么要让自己送呢？

　　郭啸的脑子不够用了，他想再打电话跟徐恪钦问清楚，但打了第一次，就被徐恪钦给挂断了，以郭啸的胆子，他根本不敢给徐恪钦打第二次。

　　靠手机联系不上徐恪钦，郭啸只能用最笨拙的方式，去徐恪钦家里找他。

　　也不知道徐恪钦离开多久了，郭啸妄想能在回家的路上追上他，可惜铆足劲儿骑了一路，都没看到徐恪钦的身影。

　　到了大铁门前，郭啸聪明了一回，先跑到保安室问道："您好，我想问一下，徐恪钦刚刚回来了吗？"

　　景山的保安记性非常好，徐恪钦不久前是打车回来的，还是自己帮忙开的大门。

　　"回来了。"

　　郭啸松了口气，说："那您能帮我开一下门吗？"

　　保安上下扫了郭啸一眼，郭啸对他来说算是老熟人了，也就没多为难郭啸。

　　一进大门，郭啸直奔徐恪钦家的方向。他把自行车停到院子里，然后敲了两下门，等了好一阵，也没见有人给他开门。

　　他又趴到门板上仔细去听门里的动静，里面静悄悄的，要不是保安跟他说徐恪钦刚刚回来了，他肯定会以为家里没人。

　　郭啸想到徐恪钦平时回家都有洗澡的习惯，觉得徐恪钦应该在二楼浴室，可能没听到自己敲门。

　　郭啸把自行车挪到一旁，坐到了门口的台阶上，幸好这小区

里的住户都开车出入，不会注意到自己坐在人家家门口，不至于
让他太丢人现眼。

昨晚下了一夜的雨，今天的天气不算炎热，郭啸蹬了一个来
回的自行车，因为今天只吃了一顿早饭，现在肚子饿得咕咕叫。

他歪着头朝身后的小洋房看去，这栋楼看着挺漂亮的，也不
知道徐恪钦洗澡需要多长时间。

既然徐恪钦不接自己电话，自己还是给他发个消息，让他知
道自己回来了吧。

郭啸：徐恪钦，我在你家门口。

他不光饿，还有点累了，眼前的景物开始重影，眼皮子也逐
渐耷拉下来，最后靠在墙上睡着了。

徐恪钦刚进家门便又接到了郭啸的电话，他瞥了眼来电显示，
随手挂断电话，径直朝楼上走去。

在浴室洗澡时，他没有听到郭啸再打电话过来，以他对郭啸
的了解，他知道郭啸怕他，不会一而再，再而三地挑战他的耐心。

洗完澡，徐恪钦躺到了床上，没过多久便听到从楼下传来的
敲门声，他懒得动弹，紧接着手机上又收到了郭啸的短信。

他粗略看了一眼短信内容，顺手将手机搁到了床头柜上便睡
着了，等他醒来时，外面天都黑了。

从天亮睡到天黑，在睁眼的那一刹那，迎接自己的是无尽的

黑暗和寂静，这样的生活对徐恪钦而言是常态。

但是十几年来，他无论如何都习惯不了这种黑暗和寂静，他需要在床上静静躺十分钟，才能渐渐找回自己的感官。

他拿过手机，发现自那条短信过后，郭啸没再联系他。

微弱的星光透过窗帘布的镂空处落了下来，徐恪钦慢悠悠地起身，趿拉着拖鞋地往楼下走。

越接近门口时，徐恪钦的动作越迟缓。

他的手轻轻扶上门锁，"咔"的一声，门被打开了。

自行车被摆放在草坪上，徐恪钦转头看向旁边，郭啸坐在台阶上睡着了。

淡淡的月光照在郭啸的侧脸上，他像是一只被主人丢弃的小狗，凭借着自己的努力，找到了回家的路。

徐恪钦在郭啸身边蹲下，心想自己为什么又要将他捡回来呢？

徐恪钦的眼神将睡梦中的郭啸唤醒，他迷迷糊糊睁开眼睛，看到徐恪钦的脸时，他有些迷茫。

他想起徐恪钦先离开的事情，立马坐直了身体，轻声叫道："徐恪钦……"

郭啸能自己找到回来的路，徐恪钦可以大发慈悲地再给他一次机会，但是机会不是平白无故给的，需要他长记性。

"等多久了？"

郭啸睡糊涂了，天都黑了，他却算不清楚他在门外等了多久，只说："没多久吧……你洗完澡了？"

徐恪钦何止是洗完澡，他还睡了一觉。

徐恪钦故作不知情，说："我还以为你送汪月姗回家要花很多时间呢，你没陪着她去其他地方？"

郭啸听不懂这话里的意思，问："徐恪钦，你在生气吗？"

徐恪钦脸色凝重，看郭啸的眼神都变得锐利起来，眉峰一挑，站起身来往家里走，反问道："气什么？"

郭啸自己也答不上来，他只是有这种感觉。徐恪钦既然不生气，那他心里的那块大石头也就落地了。

他赶忙跟了上去，像是害怕再一次被徐恪钦丢下。

郭啸在徐恪钦家里养成了习惯，先去浴室洗了个澡，洗完后饥饿感更加明显了。

下楼后，徐恪钦窝在沙发上看书，郭啸凑到他跟前，问："徐恪钦你吃饭了吗？"

徐恪钦起床也是因为饿了。保姆早上做好的饭菜原本是够他俩吃一天的，只是她没预计好郭啸的饭量，饭菜在早上便被郭啸吃得差不多了，徐恪钦只好订外卖。

刚好有人敲门，不用徐恪钦动身，郭啸便特别自觉地跑去开门，从外卖员手里接过一个大袋子，才闻到味儿他就已经猜到是吃的。

别的不说，在徐恪钦这儿他绝对不会饿肚子，徐恪钦对自己还是挺好的。

郭啸知道徐恪钦的习惯，从厨房找出碗筷，将打包盒里的东西盛了出来，摆了满满一大桌。

"我中午就没吃饭……"郭啸边嘀咕着边扒饭，他挺想跟徐恪钦闲聊的，但是找不到合适的话题，净说些废话。

忽然，郭啸兜里的电话响了一声，郭啸停下碗筷拿出手机一看，是汪月姗的消息。

　　汪月姗：郭啸，我给你的糖你吃了吗？

郭啸赶紧去摸另一个口袋，他怎么把糖给忘了？

郭啸还记得，有颗糖是给徐恪钦的，他将糖摸出来，将其中一颗糖放到了徐恪钦面前，说："徐恪钦，这颗是汪月姗给你的。"

糖揣在郭啸口袋里，都被焐得有点化了，徐恪钦冷不丁说："两颗我都要。"

"啊？"

"我说我两颗都要。"徐恪钦重复了一遍。

郭啸又将另一颗糖也放下，他没想到徐恪钦这么喜欢甜食。

徐恪钦没再说话，郭啸只能先低头回复汪月姗的消息。

　　郭啸：吃了。

他没好意思告诉汪月姗，自己一颗都没吃，把糖全都给徐恪钦了。

要是汪月姗知道徐恪钦这么喜欢她做的牛轧糖，他俩的关系是不是能缓和一点？

汪月姗：郭啸，徐恪钦还在帮你补课吗？

汪月姗并不知道，此时此刻的郭啸就住在徐恪钦家里，她更不知道她发的消息，徐恪钦只需要垂下眼皮便能一览无余。

郭啸：是呀。

看到郭啸的回复，汪月姗丝毫没有掩饰自己心中的失望，自己的成绩虽然不如徐恪钦那么好，但是帮郭啸解决一些简单的问题还是绰绰有余的。

但有徐恪钦在前，汪月姗不知道该怎么开口让郭啸跟她一起学习。

汪月姗：我还想着我们明天能一起去快餐店写作业呢。

郭啸看到汪月姗的回复有点犯难，有了一起去书店的前车之鉴，他不敢擅作主张让汪月姗跟他们一起。

他转头看向徐恪钦，他得事先询问一下徐恪钦的意思。

"徐恪钦……"

徐恪钦漫不经心道："你想去就去呗。"

在郭啸心目中，汪月姗和徐恪钦这两人并不冲突，并不是只能跟其中一个相处，他甚至想当汪月姗和徐恪钦之间的调和人。

"你也去吧。"郭啸小声建议。

徐恪钦眯着眼睛说道："郭啸，太贪心可不好，会得不偿失的。"

郭啸不懂徐恪钦在说什么，他只是想多个朋友多条路，大家一起玩有什么不好吗？

"这可是你让我去的。"徐恪钦强调道。

郭啸想不明白索性就不想了，只要徐恪钦不生气，只要徐恪钦答应跟他一起玩，其他的东西他都不在乎，点头道："是我说的。"

汪月姗比徐恪钦好说话得多，郭啸转头便回复人家。

> 郭啸：我们可以三个人一起吗？

看到郭啸的回答，汪月姗多少有点失望。

但郭啸跟徐恪钦关系那么好，自己跟徐恪钦多接触一下也没什么。

在快餐店写作业的学生还不少，进店点一份饮品，然后在店里坐一下午，老板也不会撵人，店里的气氛别提有多好了，他们找了个角落便开始各自学习。

下周去学校就得测验，暑假时汪月姗跟大多数中学生一样，心思多半在玩上面，况且她还做了两个月的兼职，很多知识点她都记得很模糊。

她抬头看向郭啸，郭啸做题做得有模有样的，她忍不住多看了两眼他的笔记本，上面密密麻麻记了不少。

"郭啸，我能看看你的笔记本吗？"

郭啸字写得不好看，他记的东西除了他自己，也就徐恪钦能看懂了。他把笔记本递给汪月姗，汪月姗的表情明显迟疑了一下。

"我记得有点乱。"

乱是乱了点，该有的步骤和最后的结果都是对的，这看着像是郭啸的错题本。

郭啸怕汪月姗看不懂，说："要不然让徐恪钦教你吧，都是他教我的。"他不光记得乱，也没法跟汪月姗讲清楚，专业的东西还得请专业人士来。

抛开别的不谈，徐恪钦的成绩确实很好，汪月姗倒是想问他题，可有了之前那次经历后，她实在拉不下脸再去人家面前晃悠。

徐恪钦的目光一直停留在书上，他看书很安静也很快，一目十行地翻了一页又一页。

汪月姗原本是不想自讨没趣的，徐恪钦居然在这个时候开口了。

"太灵活的解题方式不适合郭啸，让他记公式，不如直接记题，只是换了个数而已，这道题你换成这个公式。"说话间，徐恪钦将一张草稿纸推到了汪月姗面前，上面不知道什么时候写好了公式。

汪月姗愣了一下，反应了几秒才意识到，徐恪钦是在跟她说话，她答道："谢谢……"

徐恪钦没有多客气，只是在这个时候扫了一眼汪月姗的练习册，说："错了。"

汪月姗顺着他眼神的方向看了过去，她有些茫然，问："这道题吗？结果错了吗？"

"这道题出错了，题干上的数有问题。"徐恪钦对人还是挺冷淡的，但不至于像当初在教室里那样拒人千里。

他伸手将汪月姗的习题册转了过来，说："你们的教学进度比我们慢，这本练习册应该是全市中学统一购买的，我们也做了，这道题有问题。"

难得能听徐恪钦一口气说这么多的话，汪月姗秉着求教精神，问："那我解题的过程有问题吗？"

"有一点，即使数错了也不该是这个答案，这里……"徐恪钦顺手将刚才的草稿纸拿了回来，从汪月姗犯错的地方重新开始解题。

汪月姗的基础比郭啸好很多，大部分的题她只需要徐恪钦点拨一下便能做出来，至于稍微有点难的，还得徐恪钦帮忙捋一下解题思路。不得不说，徐恪钦的解题思路真清晰。

"看明白了吗？"

汪月姗忙不迭地点头，一旁的郭啸傻乐着说："我没看明白。"

"你不需要看明白，你照着你之前的方法做就行了，解题方法和思路本就因人而异，这种不明白，就换另一种。"

听到徐恪钦这么说，汪月姗以为，以徐恪钦刻薄的脾气，他肯定会贬低郭啸一番，没想到是她浅薄了，原来徐恪钦会跟郭啸说是方法的问题，不是人的问题。

徐恪钦肯不吝赐教，自己要是听不懂的话，都觉得对不住他。

看到徐恪钦跟汪月姗和谐相处，最高兴的人还得是郭啸。

他一高兴就忘乎所以，好了伤疤忘了疼，说："你以后有什么问题还是问徐恪钦吧，我肯定帮不上你什么忙，他肯定会的。"

汪月姗到底是女孩子，脸皮薄，不会得寸进尺，只是看了徐恪钦一眼。他们都是高三学生，一只脚已经迈进了高考的坎儿，争分夺秒地学习，有人能在学习上为自己提供帮助，是求之不得的事情。

徐恪钦合上书，没骂郭啸自作主张，反倒顺着台阶下，说："老师都不敢保证我全都会。"

见徐恪钦没有拒绝，汪月姗大胆问道："我以后还能问你吗？"

"我无所谓。"

三个人只点了一杯饮品在人家店里坐了一下午，马上到饭点了，继续占着位置有点过意不去，于是打算收拾东西回家。

汪月姗正想问问他们要不要换个地方吃了晚饭再回家，刚站起来，她立马又坐了回去。

"你怎么了？"郭啸关切道，"不走吗？"

汪月姗脸色僵硬，咬着嘴唇，似乎难以启齿。

郭啸一点眼力见儿都没有，凑到汪月姗跟前追问："汪月姗？你是不是哪里不舒服啊？"

"要不……你们先走……"汪月姗朝郭啸露出一个尴尬的笑容。

郭啸是个直肠子，他觉得汪月姗不对劲，他不能把一个女孩子丢在这儿，有什么问题说出来，大家也好帮她。

徐恪钦朝店外看了一眼，对面有家超市，他放下手里的东西，说："你等等吧。"

随后，徐恪钦走出快餐店，径直朝超市走去。

"他干什么去了？"郭啸一头雾水。

第四章　不辞而别

汪月姗也说不上来，她觉得徐恪钦这人没那么善解人意。

不多时，徐恪钦从超市里出来，手里多了个黑色的塑料袋。

接过塑料袋时，别说郭啸，连汪月姗都很诧异，她隔着塑料袋捏了捏里头的东西，尴尬道："谢谢……"

徐恪钦拉开椅子坐了回来，冲郭啸道："再等会儿吧。"

等会儿？等什么？

郭啸还没问出口，旁边的汪月姗拿着包和塑料袋就朝厕所的方向跑去。

"她着急上厕所啊？"郭啸恍然大悟，难怪她不好意思跟他们讲。

自己真是粗心大意，好在徐恪钦这人细心，郭啸喃喃道："徐恪钦，还是你想得周到。"

徐恪钦没说话，郭啸又继续道："我刚刚还以为你不会答应给汪月姗讲题呢。"

"我要是不答应呢？"徐恪钦真想治治郭啸这喜欢帮他做决定的毛病，没人能帮他做决定，哪怕是他爸爸都不行。

郭啸舔了舔嘴唇，徐恪钦要是不答应，他也没办法。他说："可是你还是答应了，你还是好心的。"

徐恪钦冷嗤了一声："是吗？！"

在郭啸心中，"好人"的标准真的很低，但徐恪钦从不觉得这个世界上存在真正的好人。

等到汪月姗从厕所出来，徐恪钦特地嘱咐了郭啸一句："你送人家回去吧。"

有了昨天的教训，郭啸对徐恪钦的话半信半疑的，他犹豫着去打量徐恪钦的脸色，他分不清徐恪钦是真想叫他送汪月姗回家，还是在说反话。

徐恪钦哪怕没有跟郭啸对视，也能感觉到郭啸眼神里的试探，没有自己的允许，郭啸是不敢离开的。

徐恪钦自然地与郭啸对上目光，语气十分肯定地说道："汪月姗不方便，别让人家久等了。"

在徐恪钦第二次给出指令时，郭啸那颗悬着的心才稍微放了下来，只是一直到离开，他的眼神都没从徐恪钦身上移开过，直到出了快餐店的大门，隔着玻璃窗，他还久久不肯回头。

郭啸把人送到了小区门口，等汪月姗进去后，他立马打电话给徐恪钦。

"徐恪钦！"

徐恪钦那边有关门声，应该是刚刚到家，他淡淡道："嗯？把人送到了？"

郭啸仔细去听徐恪钦的语气，他分析题干都没这么认真，好不容易确定了徐恪钦的语气和平时无异。

"嗯。"

可能他挖空了心思都揣摩不出徐恪钦的想法，但是他只要呼吸一下，徐恪钦便能猜到他在想什么。

徐恪钦想，郭啸打电话是为了探自己口风，昨天的事情给了郭啸教训，他长记性了。

"没什么……"郭啸的语气里带着一股"此地无银三百两"的味道，"我就看看你到了没，我马上就回来了。"

"嗯。"

挂了电话，郭啸生怕徐恪钦忽然变卦，又生他的气，不敢耽误，麻溜骑车往景山赶。

这次测验一共三天，第三天晚上下了晚自习，郭啸得回自己家，小姨出差回来了。

郭啸想快点跟徐恪钦汇报他的考试情况，上楼的速度都比平时要快一些。

家里的灯亮着，郭啸摸出钥匙打算自己开门，从门里传来了吵架声。

"平时你怎么对郭啸都没关系，但你大晚上把他撵出家门算怎么回事？你让他睡哪儿？万一他出了什么事我怎么跟他爸妈交代？"

听到小姨的声音，郭啸的手揣在兜里，紧紧地握住了钥匙。

"他不是有地方住吗？他那么大的人了，还能死在外面？"

"祁飞！"小姨父的话太难听，小姨忍不住大声喝止，"你当初怎么答应我的？"

"你真当我惦记他爸妈那点补偿金？他在我们家这么些年，那点钱能剩下多少？成曼婉，你搞清楚，你嫁到我家来就是我家的人，帮别人养孩子算怎么回事？"

楼道里黑漆漆的，郭啸没敢发出声音，声控灯也没亮，他往后退了几步，最后退到了楼道里。

他在楼道里坐了一阵，他没地方能去，他不得不在小姨家待下去，他不想看小姨跟小姨父吵架，更不想小姨为难。

所以，小姨父怎么不待见他，他都不放在心上。其实他有时候也想不通，自己有那么招人讨厌吗？原先在村里，他朋友挺多的，同乡的长辈也挺喜欢他的，怎么到了城里就变了个样呢？

郭啸抱着书包漫无目的地摸了摸，最后摸到了自己的手机，他解开手机锁，打开了短信。

郭啸：徐恪钦，我考完了。

看到这条消息时，徐恪钦已经能预见郭啸又要长篇大论地发表考试感言。

徐恪钦：嗯，怎么样？

让他意外的是，郭啸只回了一句"还行"。

徐恪钦看着这条简短的消息，隐约察觉到了点儿异样，没等他细细琢磨，郭啸打了电话过来。

"喂？"

郭啸恹恹的，开口跟徐恪钦说的第一件事也不是考试："徐恪钦，你知道我小姨父为什么不喜欢我吗？"

他在想，徐恪钦那么聪明，肯定知道原因。

原先住在楼里，不管徐恪钦愿不愿意，各家各户的闲话他还是听说了一些，家务事是最难掭清的。

如果郭啸的小姨父真不愿意收留郭啸，压根儿就不会让郭啸进家门，或许他跟郭啸的小姨还是有感情的，看在她的分儿上，才接纳了郭啸。

按照楼上楼下邻居的说法，祁飞和成曼婉已经三十多岁了，还没有小孩，多半是因为郭啸，成曼婉不愿生孩子，她有她自己的考虑，祁飞肯定是强迫不了她的，最后只能把气撒在郭啸头上。

而郭啸自己从头到尾都没意识到这一点，即便意识到了，他一个外人也没有任何立场在这种事情上开口。

当然，徐恪钦不会开口跟郭啸说这些，他没回答郭啸的问题，也不会安慰人，选择直接岔开话题："把题再看一遍吧。"

电话里很安静，除了郭啸的呼吸声外，听不到任何声音。

郭啸了解徐恪钦的脾气，他不指望徐恪钦能说出宽慰他的话来，便说道："知道了。"

"你可以住校。"徐恪钦想了想，还是给出了建议。

挂断电话后，郭啸握着手机继续傻坐在楼道里，手机的灯光照得他脸色惨白，他脑子里空荡荡的，在这一刻他什么都没想，直到觉得差不多了，才起身回家。

他开门的动作很慢，钥匙跟铁门碰撞在一起发出清脆的声响，门从里面打开了，小姨神情严肃地看着他。

"怎么这个时候才到家啊？"成曼婉连忙给郭啸开门，"平时回来得早一些吧？我刚刚看时间，你要是再不回来，小姨都得给你班主任打电话了。"

郭啸看起来心事重重的，他不擅长撒谎，就算是再合理的借口，从他嘴里说出来也听着很别扭："下晚自习走得晚了点……"

祁飞气哼哼地坐在沙发上看电视,成曼婉没当着他的面问郭啸是不是遇上什么麻烦了,先把人招呼进家门。

"赶紧去洗澡,饿了没?小姨给你做消夜吃?"

郭啸吃不下,摇了摇头,把自己的书包放到了房间,又拿着换洗的衣服进了浴室。

从浴室出来,客厅里只有小姨父在看电视,郭啸耷拉着脑袋回到了房间,他想给手机充一下电,顺便把没做出来的那半道题拿出来看看。

这时,小姨敲了敲郭啸的房门。

关上门后,小姨没提郭啸被祁飞赶出家门的事情,只问:"在徐恪钦家没给人家添麻烦吧?"

"没……"

确实,不管是住在小姨家,还是去徐恪钦家,自己都是在给别人添麻烦,或许只有去住校,自己才不会成为别人的麻烦。

"小姨,"郭啸喊了成曼婉一声,"我想去住校……可以吗?"

当初郭啸刚上高中,成曼婉是有送他去住校的打算,但是郭啸很容易受欺负,又不会反抗,平时在教室吃点亏也就算了,要是跟品行恶劣的人住在同一个宿舍,不知道又得受多少欺负。

成曼婉沉默地打量着郭啸的表情,想知道郭啸突然提住校的原因,哪怕郭啸心再大,还是会因为被赶出家门而难过。

"怎么忽然提住校?你还有一年就高考了,现在正是关键时期,和同龄人住一起很容易被带着玩。"

郭啸道:"以后上大学也得住校……先提前适应一下……"

"等你上了大学，是大人了，就不用小姨多操心了，但你现在去住校，小姨还是不放心。"

郭啸没说话，显然没被小姨说服，所以他选择了沉默。

成曼婉自己也说不上来到底是让郭啸去住校好一点，还是在家继续受祁飞挤对好一点。

但是，假如郭啸还能忍受祁飞的挤对，他绝对不会跟自己说住校的事。成曼婉微微叹了口气，说："住校你只能周末回家，学校里的事情你只能自己处理，你能处理好吗？"

郭啸不敢夸下海口说自己能处理好，但至少不会比现在更差。

"你等小姨问问你们班主任吧。"

住校不是件难事，成曼婉找到郭啸的班主任了解情况，开学时已经安排好宿舍了，临时申请住校，没办法跟同班同学住在一起，只能插到其他班的宿舍去。

现在有空余床铺的宿舍是艺术生的宿舍，很多高三的艺术生会去省里培训，宿舍很有可能只有郭啸一个人。

这对于郭啸而言是个好消息。

住校申请提交上去，班主任第二天便给郭啸安排好了宿舍，趁着午休时间，在小姨的陪同下，郭啸把被褥和日常用品搬到了宿舍。

这是一间六人宿舍，看桌上的灰尘就知道这里有些日子没住人了，成曼婉给郭啸收拾了一下。

"以后你得自己打扫卫生，也不知道你这些室友什么时候回来，你一个人住，上课可别迟到啊。"

"这是饭卡，这是现金，现金就放在宿舍锁在柜子里，自己的钱要保管好，你一周就回来一次，弄丢了钱得饿肚子的。"

成曼婉把要交代的都跟郭啸交代了一遍，她不想耽误郭啸午休，最后说："那小姨先走了，实在有事情就让班主任找我。"

送走小姨后，郭啸一个人待在宿舍，他说不上来是什么感觉，沉不下心来休息。

目前的情况已经超出了他的预期，只是他晚上不能用手机，手机得放到班主任那儿，每周五晚上统一发放给他们这些住校生，自行车也用不上了，没有请假条的话，他平时不能随意进出校门。

下午去上课时郭啸就得把手机交给班主任了，想到将有整整一周的时间不能跟徐恪钦联系，他还是给徐恪钦发了一条消息。

> 郭啸：徐恪钦，我一个人住一间宿舍，那些艺术生去参加培训了，下半学期才会回来。

此时的徐恪钦也在上课，等他看到郭啸的消息时都已经是晚上了。

一个人住一间宿舍的郭啸，心中有庆幸，也有失落。因为以郭啸的性格，他渴望能交到朋友，又害怕遇到难以相处的人，所以现在的情形比他想象中要好得多。

这天是星期五，郭啸找班主任批了请假条，下了晚自习就可以回家。

一到放假的时候，人人都按捺不住激动的心情，晚自习闹哄哄的，郭啸刚去找老师要回了手机，就趁着没人的工夫，迫不及待地开机。

整整一周的时间他都没跟徐恪钦联系，他想要看看徐恪钦有没有给他发过消息。

短信图标上有"未读"的数字提示，他兴冲冲地点进去，没想到全是垃圾消息，徐恪钦压根没回过他，害他白高兴一场。

想想也是，徐恪钦明知道自己住校不能用手机，怎么可能给自己发消息呢?

郭啸自我调节的能力很好，很快便不郁闷了，他打了个几个字给徐恪钦发过去。

郭啸：我今天回家啦。

好不容易熬到放学，大家离开教室的脚步都比平时要快一点。

徐恪钦回家洗个澡的工夫，手机又响了，他以为是郭啸等不到他的回复心急了，一看来电显示，是他爸爸。

"爸爸。"

徐圳立照旧询问了一下徐恪钦最近的生活，随后话锋一转："明天爸爸过来办点事，我们吃个饭，顺便有些事情想再问问你的想法。"

"好的。"徐恪钦在他爸爸面前一向规矩，甚至都不会追问是什么事。

徐恪钦刚到饭店，外面便下起了倾盆大雨，饭店前台的钟表显示现在的时间是下午三点，他爸爸选的时间，既不是午饭也不是晚饭。

进包间前，徐恪钦整理了一下衣服，推开包间门，他爸爸正坐在偌大的包间里面等他。

"爸爸。"

"来了。"徐圳立眼神一亮，坐着朝徐恪钦招手，"忽然下雨了，没淋着吧？我说我去接你，你偏不让。"

"来的路上没有下雨，我自己可以打车来。"徐恪钦坐到了他爸爸身边，"您还没吃饭吧？其实不用等我的。"

兜里的手机振动了一下，徐恪钦拿出手机一看，是郭啸的短信。

郭啸：徐恪钦，我能来找你吗？

他点开输入界面，回复了一个"等等"，徐圳立歪头看向手机屏幕，问道："怎么？有事？"

徐恪钦顺手将手机搁到了饭桌上，说："没有。"

徐圳立自然地岔开了话题："在景山住得还习惯吗？"

"嗯。"

徐圳立点了点头，问："你妈妈最近找过你吗？"

徐恪钦一愣，心脏也跟着往下沉了一下，他妈妈不会找到他爸爸那儿去了吧？

"没有……"

在钱这方面，徐圳立很大方，当初的赡养费都是一次性付清的，只是季慧秀花钱大手大脚，高额的赡养费早就被她败光了。

这件事被徐圳立知道后，他越过季慧秀，直接将生活费交到了徐恪钦手里，他没有明面上告诉徐恪钦，这钱不能给他妈妈，只是暗地里用话敲打。

"你妈妈已经是大人了，她应该有她自己的生活和工作，她将来甚至会有新的家庭。你该为你自己考虑，爸爸总有没办法帮你的一天。"

徐圳立对于给徐恪钦生活费的态度既隐晦又直白，徐恪钦是个聪明人，他知道他爸爸不希望把钱继续花在他妈妈身上，花在其他男人身上。

徐恪钦从小就明白他爸爸说话的分量，如果没有他爸爸，他现在什么都不是，所以他从不反驳他爸爸的话。

"是这样的，恪钦，爸爸跟你阿姨商量了一下，还是觉得将你接回身边比较好。"

徐恪钦在听到徐圳立的这句话之后，原本沉甸甸的心脏猛地往下坠了坠，他垂着眼睛，死盯着桌上的碗，手脚变得僵硬起来。

爸爸从未说过要将他接回身边这种话，先前，他以为爸爸每个月为他提供高额的生活费已经是仁至义尽了。

短暂的停顿之后，徐恪钦强装自然地继续吃着饭菜，问："为什么……会突然提这件事？"

徐圳立怕徐恪钦多想，大手抚上徐恪钦的后背，说："你也是爸爸的儿子，接你回家怎么能算突然呢？之前你好歹是跟你妈妈住在一起，不管怎么样算是有个照应，现在你一个人生活，爸爸还是不放心。"

这个理由听起来好像挺合理的，但事实真的是这样吗？徐恪钦很想抬头看着他爸爸的脸，要求爸爸再重复一遍刚刚的话，可他没有勇气。

"那边……的人，不会不高兴吗？"

"爸爸已经跟你阿姨商量过了，爸爸希望你能学会跟你两个哥哥相处。"

这种"商量"估计没有爸爸说的那么轻松，这事来得突然，徐恪钦说不上来是什么感觉。

"大家住在一起有个照应，家里的公司将来还是你们三兄弟的，你总得去面对你的哥哥们。"

徐恪钦没跟徐家的人见过面，只是跟他爸爸见面时，会时不时聊起关于两个哥哥的话题。

血脉是种难以言喻的东西，他和哥哥们从未见过面却好像又隐隐联系着。

对于爸爸的话，徐恪钦并不全信，他从未觊觎过徐家的东西，因为他从未真正踏入过徐家，但现在爸爸给了他希望。徐恪钦的眼神里带着点打量，小心翼翼地看向他爸爸。

"怎么样？是不是现在要你给爸爸回答，太强人所难了？"

徐恪钦摇头，问道："是爸爸想要我回去吗？"

"当然了。"徐圳立很真诚，很难从他脸上看到任何敷衍的表情。

徐恪钦知道，爸爸一直觉得有愧于自己，或许爸爸真的是年纪大了，想法变得保守，所以护子心切？

"我都听爸爸的安排。"

徐圳立即刻展露出了笑容。这是他最喜欢徐恪钦的一点，徐恪钦懂事听话，对自己的安排会好好服从，在各个方面都会做到最好。

"爸爸尽快给你安排好学校，最迟下个月，就替你办理转学手续。"

徐恪钦"嗯"了一声，算是应下来了。

看到徐恪钦乖巧的模样，徐圳立打心里觉得欣慰，他感慨道："星阑要是有你一半听话，我就谢天谢地了。"

徐星阑是徐恪钦的大哥，比徐恪钦年长了三岁，徐恪钦虽然没见过他大哥，但是听过他爸爸对他大哥的负面评价。

徐星阑上高中那会儿就不让人省心，经常需要爸爸花钱帮他摆平事情。

后来因为徐星阑实在考不上国内的大学，徐圳立一气之下将他送到了国外。

徐恪钦算了算时间，现在徐星阑应该快要大学毕业了，他爸爸能这么说，多半是因为徐星阑又在国外惹了事。

"大哥快毕业了吧？"

徐圳立嗤一声："花钱都不能给他弄个大学毕业证，你这好大哥就没去上过课，退学了大半年，把手里的钱花光了我才知道这件事，半个月前，我让你阿姨把他领回来了。"

徐圳立越说越气，难得在徐恪钦面前气到拍桌子："他要不是我儿子，谁会管他死活？！"

徐恪钦没有附和他爸爸的话，端起旁边的茶壶给他爸爸添了点茶，说："爸爸消消气。"

"你二哥倒是本分，但他只知道学画画，能有什么出息？"徐圳立频频摇头，好像对两个儿子都不大满意。

一顿饭吃完，外边的雨还没有停，父子俩在门口等着服务生将车开出来。

"爸爸，雨很大，还要赶着回去吗？"

按照徐圳立的习惯，事情办妥当便会赶回家，几乎没在自己这儿留过宿。

徐圳立朝着外面乌云密布的天空看了一眼，转头又冲徐恪钦打趣："要不你收留爸爸一晚？"

徐恪钦刚刚又收到了郭啸的消息，还没来得及看，他的手伸到兜里，又缓缓松开，说道："爸爸跟我还这么客气。"

郭啸从下午站到了傍晚，直到瓢泼大雨转成了淅淅沥沥的小雨。

精品店的售货小妹主动跟他搭话："你没事吧？我看你站这儿好久了，是不是没伞啊，我们店里最便宜的伞才十块钱，买一把吧。"

郭啸看了眼十块钱的透明伞，张了张嘴又闭上。他也不知道他在干什么，徐恪钦让他等等，他就老老实实地等。

等到徐恪钦回他的消息，等到徐恪钦来接他走。

"我……等人……"

售货小妹一脸诧异地问："你等一下午啦？"

郭啸垂头丧气的，懒得解释，木讷地摇头。

"那你等谁啊？要不你打个电话催催吧，你一直杵在这儿也不是办法。"他们还要做生意呢。

售货小妹俨然一副郭啸不走、她不会善罢甘休的模样，他只能买了一把最便宜的伞，走远一点。

夹着雨水的风吹到身上，带来一阵凉意，时间已经不早了，郭啸想不到徐恪钦在做什么，徐恪钦回了一句"等等"之后便没了下文，他也不敢打电话去打扰对方。

徐恪钦肯定很忙。

那自己要离开吗？该回家吗？万一徐恪钦忙完了就回复自己又该怎么办呢？

郭啸试探性地给徐恪钦又发了一条消息。

郭啸：徐恪钦，你忙完了吗？

郭啸从精品店门口走到了超市里，还是没等到徐恪钦的回复，他想徐恪钦忙完总能看到自己的消息吧。

徐恪钦到家时已经是晚上七点，他洗完澡，又陪着他爸说了会儿话，父子俩今天都挺累的，徐恪钦早早地回到了房间。

搁在床头充电的手机跳出了充满电量的提示，徐恪钦走上前拔下充电器，看到"未读短信"上的数字，他迟疑了一下。

窗外的雨不知道在什么时候停了，晶莹的水珠挂在玻璃上，随后拉出一条长长的水痕。

几个小时前，自己回复了郭啸第一条消息后，便再也没看过手机。

郭啸在那个时候给自己发消息，还要来自己家。

徐恪钦想，再傻的人也知道下雨天该往家里跑。

他点开郭啸的消息，一眼便看到了最后一条。

郭啸：我能回家吗？

系统显示这条消息是四十多分钟之前收到的，紧接着，手机又收到了新消息，依旧是郭啸发的。

郭啸：徐恪钦，你还好吗？你一直不回我消息，我有点担心，你没有出什么事情吧？

徐恪钦眉峰一挑，他几乎能想象出郭啸给他发这条消息时的表情。郭啸担心他，他有什么可担心的？

郭啸就是这么一个人，哪怕被自己放了鸽子，他也不会生气，不会要求自己给他一个合理的解释，甚至还会担心自己的安危。

徐恪钦勾了勾嘴角，退出短信，正打算给郭啸打个电话，从门外传来了敲门声。

"恪钦，睡了吗？"

是爸爸的声音，徐恪钦按灭手机，疾步去给爸爸开门，说道："来了。"

徐圳立应该是刚跟人通过电话，手机还拿在手里就直接来敲徐恪钦的门。

"爸爸。"

徐恪钦想让出一条道来，让他爸爸进房间，徐圳立立马表示自己不进去，说道："恪钦，爸爸刚刚跟你阿姨通过电话，明天要不你跟着爸爸一起走吧？爸爸会安排其他人给你办转学手续，你提前跟爸爸回家，趁着这几天不用上学，正好适应适应。"

徐恪钦背着手，把手机紧紧攥在手里，早走一天，晚走一天，对他来说没什么分别，但听到爸爸的话，他的脑子里还是会蹦出"这么急"的想法。

他孤身一人住在现在的城市，好像没什么可留恋的，但是又好像有很多事情没有处理完。

见徐恪钦垂着眼睛，徐圳立多少能猜到儿子在犹豫什么。

"你是担心你妈妈？"

徐恪钦猛地抬头，舌尖在口腔里动了动，最终还是没说话。

徐圳立把手搭在徐恪钦的肩头，说："恪钦，有些话爸爸还是该跟你说清楚，回去之后，你该跟你现在的生活断干净，这边怎么都算不上体面。"

"这边"这两个字的含义，包括了徐恪钦的私生子身份，以及那个只知道玩乐的妈妈，还有徐恪钦之前交往的朋友。

简而言之，在徐圳立眼里，徐恪钦该以全新的身份生活。

肩膀上的重量加重了些，徐恪钦明白他爸爸的意思，他握紧手机的手又微微松开了一些，答道："知道了爸爸。"

徐圳立转身进了房间后，徐恪钦才关上房门。他靠着房门站了一阵，心里五味杂陈，他解开手机屏幕锁，只给郭啸回复了一个"回去"。

雨停后，郭啸还一直举着雨伞，塑料伞面挂不住水珠，伞上的雨水很快干了，不少做夜市生意的小商贩推着推车出摊，郭啸占了人家的位置，有人在催促他离开。

他从精品店门口被赶到了街边，现在街边也不让站，郭啸只能灰溜溜地走得更远一些。

郭啸站着吹了一下午的冷风，迟迟等不到徐恪钦的回复，心里空落落的感觉渐渐变成了担忧。

他在想，徐恪钦是不是遇到了什么脱不了身的事情？是不是遇上了危险？自己该不该直接去景山找他？

郭啸没等来徐恪钦的消息，而是等来了小姨的电话。

"郭啸，还没回家吗？已经很晚了？跟同学还在外面玩？"

想要去景山找徐恪钦的想法被小姨的一通电话直接给打断了，郭啸杵在原地，不知道该如何是好。

小姨又催促了一遍："如果没什么事就赶紧回来吧，明天还可以跟同学出去玩。"

郭啸支支吾吾的，显然不愿意回家，他得去景山看看才能放心。

就在这时，手机"叮"的一声，屏幕上跳出了徐恪钦的消息。

郭啸连电话都没挂断，赶忙看了一眼，徐恪钦的消息很简单，只有"回去"两个字。

"郭啸？"小姨没听到郭啸的回答，有点急了，"你还在听小姨说话吗？"

收到徐恪钦的消息，郭啸松了口气，说："我这就回来。"

"别走路了啊，打车回来。"

雨停后，晚上出来散步的人不少，街上立马热闹了起来，出租车也多了，郭啸打车很方便。

到家后，小姨破天荒地数落了郭啸一顿。

"下次可不许这么晚了还在外面，哪怕赶不回来，也得事先给小姨打个电话啊，跟谁出去玩啊？玩得忘了时间？"

郭啸胡诌道："没事。"

小姨也没有追问，只说道："赶紧去洗澡吧。"

在外面折腾了一天，洗完澡后，郭啸觉得又困又累，睡得都比平时要早，他关灯前，特意看了眼手机，心里期待徐恪钦能再给他发条消息，可惜没有。

这一晚，郭啸睡得很死，临近中午小姨来敲门，他才被吵醒。

郭啸的脑袋沉甸甸的，嘴唇也干巴巴的。他刚想张嘴，嗓子里火辣辣地疼，咽口唾沫，像是有什么东西在刮他的嗓子一样，呼出来的气也滚烫，手脚酸软，连开门的力气都没有。

"小姨，我醒了。"郭啸声音沙哑。

小姨一听不对劲，推门便进来，见郭啸脸颊红扑扑的，伸手摸了把郭啸的额头，说道："哎哟，发烧了。"

山里来的孩子好养活，郭啸不挑食，也不怎么生病，来了这些年，连发烧都是头一遭。

郭啸逞强想要起身，发个烧而已，又不是什么大病，他不想给小姨添麻烦，却被小姨按住了肩膀。

"先别起来，量一下体温。"小姨从客厅拿来了温度计，塞到郭啸胳肢窝下，"先量着，小姨去给你倒杯水。"

看着小姨忙里忙外的，郭啸知道自己又给人添乱了。

"小姨……咳咳……"生病可真难受，他不仅身体滚烫，嗓子哑了，鼻子也不通气，"我睡一会儿就好了。"

小姨倒好水，扶着郭啸起来喝水，说："你一个小孩懂什么啊，先把水喝了，小姨给你做点吃的，然后陪你去门诊看看。"

郭啸没敢说不，他渴坏了，自己捧着水杯大口大口地喝了起来。

小姨起身打开窗户给房间通风，说道："昨天一整天你都跑去哪儿了？下那么大的雨都不知道回家，在外面吹了一整天的冷风才会发烧的。"

郭啸想到自己两次生病都是因为下雨，上次还是在徐恪钦的家里。

徐恪钦……

手机就搁在枕头边，郭啸点了点屏幕，还是没有收到徐恪钦的消息，他主动给徐恪钦发了消息过去。

郭啸：徐恪钦，我发烧了。

成曼婉一回头，见郭啸呆坐在床上，一手拿着水杯，一手拿着手机。

"先别玩手机，起床穿衣服。"

郭啸应了一声，把手机放到了一旁。

在家吃过饭后，郭啸在小姨的陪同下去巷子口的门诊看病。

因为明天还得去学校上课，大夫建议输液加吃药，能好得彻底一点。

郭啸便从中午开始在门诊里挂吊瓶。

小姨在门诊陪了郭啸一会儿，家里还有家务要做，换了一瓶药水后，就把郭啸独自留在了门诊里。

门诊里小孩居多，多数是比郭啸年龄小的孩子，为了安抚他们，电视里放着最近热播的动画片。

郭啸还惦记着徐恪钦，一中午的工夫，徐恪钦还是没回复他。

徐恪钦怎么这么忙啊？到底在忙什么啊？

吊着水什么都不能干，郭啸无聊透了，觉得不死心，又给徐恪钦发消息。

　　郭啸：我来吊水了。

　　郭啸：我已经很久没生病了，最近不知道怎么了，老是发烧感冒，我觉得我得跟你一样，早上起来锻炼身体才行。

　　郭啸：这个周末啥也没干，明天又得去上课，要不你把一周的作业都布置给我，我去学校慢慢做。

　　发得越多，郭啸越觉得失落，他像是在自言自语，怎么都得不到徐恪钦的回复。

　　　　郭啸：徐恪钦，从昨天开始，你就不怎么理我，我是不是惹你生气了？

　　"家里的东西都是现成的，不用特地带过去，要什么就跟你阿姨说，让她给你置办新的。"

　　"谢谢爸爸。"

　　徐恪钦要收拾的东西并不多，一个行李箱就能全装下。

　　在保安的帮助下，所有的行李都被搬上了后备厢。

　　保安搭话："徐先生，这是要去哪儿玩啊？"

　　徐圳立笑了笑，说："他一个人住在这儿，我也不放心，接回家一起住。"

　　这栋房子是徐恪钦的财产，徐圳立嘴上说房子任由徐恪钦处置，但是徐恪钦明白，他爸希望他能卖掉这里，和这里断得干干净净。

第五章　我们的约定

手机不知道被郭啸看了多少遍，连电量都下去了一半，最后一瓶药水都吊完了，他还是没有收到徐恪钦的回复。

门诊的大夫给他拔了针头，又给他配好感冒药，他还是有点发烧，但不至于像一开始那么难受了。

"记住每次吃多少药了吗，郭啸？"大夫见他老是看手机，自己说什么他好像也没有听，便又问了一遍。

郭啸"啊"了一声，不好意思地抓了抓脸颊，尴尬道："我忘了……"

"是忘了还是没听啊？你从刚刚输液开始就魂不守舍的，急着干什么去啊？"说着，大夫重复了一遍感冒药的剂量。

郭啸想，要不他还是去景山看看吧，万一徐恪钦有什么事呢？就算没事，他也能安心。

大夫好心提醒："最近要降温了，注意保暖啊，你病还没好，尽量少吹冷风。"

从门诊出来后，郭啸径直朝家里走。气温说降就降，一场暴雨过后，像是换了个季节一样，他的鼻子被堵得有些麻木了，费了好大的力气深吸一口气，从鼻腔到肺里都冷冰冰的。

刚上楼梯，一道人影出现在楼梯口，郭啸下意识地抬头，一个戴着墨镜的女人站在那儿，看着还有些眼熟……是徐恪钦的妈妈？

"季阿姨？"郭啸连忙跑了几步，"您怎么来了？"

季慧秀似乎比之前还要消瘦一点，尽管墨镜挡了大半张脸，还是能感觉到她的憔悴，连说话都有气无力的。

郭啸已经很久没见过徐恪钦的妈妈了，即便徐恪钦跟他妈妈闹得那么不愉快，他们终究是母子，再怎么生气也不会一辈子不联系的。

季慧秀扶了一下墨镜，压低了嗓音，又朝着楼梯上下看了一眼，说："你小点声。"

郭啸抿住嘴唇，连呼吸都不敢太大声。

"你和徐恪钦有联系吗？"

郭啸还想问季慧秀有没有联系过徐恪钦，答道："有……但他今天没回我消息……"

隔着墨镜，季慧秀古怪地打量着郭啸。什么叫"今天没回消息"？

算了，郭啸就是个傻小子，问他也问不清楚，不如直接从他嘴里套出徐恪钦现在的住址。

"你知道他住哪儿吗？"季慧秀顿了顿，"你帮我问问他，我能不能去找他？不然我找上门了，他又跟我生气怎么办？"

随后，她又从包里找出纸笔，在纸上划拉了一阵，把纸塞到了郭啸怀里。

郭啸低头一看，上面写的是电话号码和地址，他还想说别的，又听到季慧秀踩着高跟鞋下楼的声音，他叫道："季阿姨……"

还在楼梯上的季慧秀不耐烦地抬头，生气道："都叫你小点声了。"

他是嫌她在筒子楼出的洋相还不够多？她跑回来找徐恪钦，不知道又得传成什么样。

"你还有别的事没？"

郭啸摇头示意自己没有了。

回到家后，郭啸没有跟小姨提起见过徐恪钦妈妈的事情，只是说自己要出去一趟。

成曼婉赶紧放下手里的活儿，从厨房出来时，她有点生气，说："怎么又想着往外跑啊？"

她顺手摸了一把郭啸的额头，说："病还没好，又想去哪儿啊？"

扶在额头上的手掌冰凉，小姨的语气也略带气恼，郭啸听得有些恍惚，自打父母去世，自己搬到小姨家来住，小姨对自己很温柔，几乎没发过脾气。

郭啸知道小姨怕他太难受，所以格外迁就他，小姨跟妈妈是姐妹，生起气来更像了几分。郭啸觉得自己不需要小姨的溺爱，很想像其他小孩一样，该挨骂的时候就挨骂，可小姨每天够忙了，他又不想惹恼了小姨，让小姨操心。

"怎么不说话啊？"成曼婉以为郭啸烧傻了，手上稍微用了点力，推了郭啸一下。

郭啸带着鼻音说："我……很快回来，晚饭之前……"

他明显是不想说去哪儿，真是长大了，有自己的小秘密了，成曼婉叹了口气："穿厚点出去，不许骑车了，坐车去。"

出门时，郭啸给徐恪钦打过电话，电话是关机状态，看着手机上徐恪钦的名字，担忧的情绪在郭啸的胸腔里蔓延开来。

听了小姨的话，郭啸乘公交车出门，公交车会在市里绕点路，得换乘两次，车还上不了景山顶上，到了山脚下只能走上去。

走了将近二十分钟，郭啸气喘吁吁，他鼻子不通气，一直用嘴呼吸，不仅累，嘴里还干巴巴的，终于看到了保安室的房顶，他深吸一口气，再次加快脚步。

森严的大铁门还是关着的，郭啸走到保安室玻璃窗前敲了敲玻璃，里头的保安还是先前那位。

"您好，能给我开一下门吗？"

保安打开保安室的门，探出脑袋来，问："你怎么来了？徐恪钦不在家啊。"

"他不在家吗？他说他去哪儿了吗？"郭啸有点急了，"他一直没回我消息，我打电话给他，他手机还关机。"

保安忙安抚郭啸："你别着急，他跟徐先生走了。"

徐先生？听到这个陌生的称呼，郭啸愣怔了片刻。

保安见他一脸茫然，说道："你不知道徐先生吗？是他爸爸。"

经保安的提醒，郭啸才把徐先生跟徐恪钦联系起来，就算徐恪钦跟他爸爸离开了，也用不着手机关机，用不着不回消息吧？

"我看他带着行李走的，徐先生的意思是不放心徐恪钦一个人住，好像是把他接走了。"

　　保安知道的也不多，总之徐恪钦不在家，跟他爸走了，郭啸进不去大门，即便进去大门了，也进不到徐恪钦家里。

　　"或许等人家安顿好了，会给你发消息的。"对讲机里传出了声音，保安有工作要忙，没跟郭啸说太多。

　　下山时的风比来时还要大，郭啸的脑子都快被冷风给吹迷糊了。

　　徐恪钦跟自己说过，他爸爸有自己的家庭。

　　郭啸不太清楚"徐恪钦跟着他爸爸走了"这句话是什么意思？是去住一段时间，然后回来，还是说永远不回来了？

　　其实，能跟父母住在一起挺好的，郭啸最能明白这种感觉，虽然小姨对自己很好，但是自己还是会想念父母。虽然徐恪钦现在房子很大，但他应该也会在夜深人静的时候，渴望父母的陪伴。

　　郭啸觉得自己应该为他感到高兴才是，可为什么心里空落落的，像是心脏坠到了肚子里一样。

　　大概是因为自己舍不得徐恪钦吧，来城里这么久，他就交了徐恪钦这么一个朋友。

　　郭啸没那么自私，即使隔得远，他和徐恪钦还能是朋友，他不怕徐恪钦有新的交际圈，在他心里，他和徐恪钦的关系永远不会改变。

　　徐恪钦不回自己消息，肯定是因为他不方便回，就像保安叔叔说的那样，等他在他爸爸那儿安顿好后，一定会联系自己的。

　　下山的路好走了许多，也没那么累，郭啸坐上公交车后又给徐恪钦发了一条信息。

　　郭啸：徐恪钦，季阿姨来找过你，她说你要是气消了，记得联系她，这是她的号码和住址。

　　分别的愁绪让郭啸的心像是被豁开了一道口子，他比常人更害怕分别，一向心大的他，会在"分别"这个问题上思考得很深，他很怕他和徐恪钦以后都没有见面的机会。

　　他摸了摸手机屏幕，又编辑了一条信息给徐恪钦发了过去。

　　郭啸：徐恪钦，你什么时候忙完了，记得回我信息。

　　从景山回到家后，郭啸无精打采的，像是累坏了，他蒙头睡了一会儿。

　　也不知道是不是白天的缘故，他睡得并不踏实，他能听到小姨在客厅打扫时发出的碰撞声、楼上邻居的走路声、窗外的喇叭声。

　　眼前白色的雾气渐渐散开，他看到了徐恪钦，徐恪钦坐在茶几前，面色如常地看着他，说："过来啊。"

　　他好像在徐恪钦家里补课，徐恪钦回来了？

　　见郭啸傻站着不动，徐恪钦不耐烦了："你没听到吗？"

　　"哦……"郭啸凑到徐恪钦身边，他想问问徐恪钦，怎么这么快回来了？还去不去他爸爸那儿了？

　　徐恪钦察觉到了郭啸的眼神，说："看着我干什么？看试卷，这道题和昨天我给你讲过的题一模一样，你还是没做对。"

"徐恪钦……"

郭啸刚张口，好像听到谁在喊他。

"郭啸！"

好像是小姨的声音，小姨怎么也在？

小姨拍了拍郭啸的脸颊，像是在跟别人说话："怎么又烧起来了？"

"我都叫你别管这小子了，就知道给人添麻烦！"说话的人声音也很耳熟。

小姨生气道："你有空说废话，不如帮我把郭啸背到门诊去。"

"我累了一天了，我背他？"那人提高了音调。

郭啸听出来了，是小姨父。

"我背得动他吗？"小姨反问一句。

房间里骤然安静了下来，郭啸又听到小姨父骂了一声，紧接着他感觉到手腕一紧，天旋地转，自己像是趴在了谁的背上。

郭啸的脑子昏昏沉沉的，眼睛不聚焦，他分不清楚哪个是梦，哪个是现实，只是隐约看清了小姨父的侧脸。

他明明吊了水，也吃过药了，怎么还不退烧？

他是不是又给小姨和小姨父添麻烦了？

路途的颠簸和室外的冷风，让郭啸的神志渐渐归位，他看到不远处的路灯亮着，几米开外的门诊还开着门。

堵塞的鼻子让他呼吸不畅，他只好张着嘴不停地喘着粗气，他个子比小姨父还高大，他想从小姨父后背上下来，自己走路，可他累得厉害，连开口说话都费劲。

小姨父也累得没力气骂人，一脚踏进门诊大门，坐在柜台后的大夫急忙站起来。

"这是怎么了？"大夫边说话，边帮忙把郭啸放到椅子上。

小姨父累得龇牙咧嘴的，双手撑在腰上，说："给他打针。"

郭啸下午来输过液，大夫有印象，听小姨父这么说，他伸手摸了摸郭啸的额头。

"哟，怎么烧得更厉害了？"

"我哪儿知道啊？"不说还好，一说小姨父更来气，这小子生病，折腾的还是自己。

正好，小姨在这个时候追了上来，她走得也急，累得气喘吁吁。

"他下午输完液出去了一趟，估计是又吹了冷风。"

现在追究郭啸的病情是怎么加重的已经于事无补了，大夫感叹了一句："看着个子挺高的，免疫力怎么这么差，给他打一针？"

人一多，周围便闹哄哄的，这会儿郭啸彻底清醒了过来，他挣扎着坐起身来，看了看小姨，又看了看大夫。

"我要打针……我很久没打过针了……"郭啸大概是烧糊涂了，说话有点语无伦次的。他明天还得上课呢，如果不退烧的话，怎么去学校啊？

郭啸这病来得邪乎，他身体不差，打了针，好好休息一晚，明天一早本该好得七七八八了，但是这场发烧硬是拖了一周的时间才好。

起初那几天，郭啸的嗓子像是坏了一样，说不出话来，后来好不容易能讲话了，感冒的症状也减轻了些。

小姨父大概是见郭啸病了，这几天没有给他脸色看。

郭啸躺在床上养病这些天，一直惦记着自己的学业，他的基础本来就不好，现在落下一周的进度，不知道又得花多少时间来补。他不是怕花时间，只是怕自己跟不上。

除了惦记学业，他还惦记徐恪钦。几天过去，徐恪钦依旧没有联系他，他总是先发消息给徐恪钦，等不到回复，又给徐恪钦打电话，电话里还是冰凉的机械女声，徐恪钦的手机还是关机状态。

今天也是一样，郭啸失望地挂断电话。今天下午他就得去学校了，徐恪钦再不回复他，下次他拿到手机，就得是一周之后。

郭啸痴痴地盯着手机屏幕，期盼能等来徐恪钦的短信，等到的却是熄灭的屏幕。

"郭啸，"小姨敲了一下房门，推门而入后见郭啸看着手机发呆，问道："收拾好了没有？收拾好了小姨送你去学校。"

郭啸心事重重地呼出一口气，顺手将手机推到了枕头下面。

从发烧那天起，成曼婉便留意到郭啸的注意力一直在手机上，很显然是在等谁的电话或信息。

成曼婉没有急着送郭啸去学校，她带上房门，坐到了郭啸身边，问道："郭啸，你在等谁的电话吗？"

有这么明显吗？

郭啸这次病得太久，痊愈之后，举手投足间还是有点病恹恹的。

"小姨，徐恪钦好像搬走了。"郭啸跟小姨简单复述了一遍保安的话，"好几天了，他都不回我消息，也不知道他怎么样了。"

徐恪钦家里的情况有些复杂，当了这么久的邻居，关于徐恪钦家里的事情，成曼婉知道得并不详细。

郭啸是个重感情的人，难免会对徐恪钦的离开耿耿于怀。

成曼婉拍着郭啸的手背，安慰道："徐恪钦跟他爸爸回去，肯定比现在过得好，他到了新环境，要重新适应，等他把一切安顿好了，就会联系你的。"

但愿吧。

下午，在小姨的陪同下，郭啸去了学校。

幸好高三的课程以复习为主，郭啸一周没来上课，他在家的时候也会看看书，所以周三的小测验，他的成绩并没有太大的起伏。

班主任还特地找他谈话："郭啸，老师还以为你请假一周，成绩会退步很多，你能稳定住，让老师挺意外的。你别站着了，把那边的凳子搬过来坐着说。"

班主任给郭啸分析了一下他目前的成绩，以郭啸的分数，上个专业不错的大专绰绰有余，但是当老师的，永远希望学生能朝着更高的目标搏一搏。

"你是我们班上进步最大的，你的分数和去年的本科线只差十几分，老师还是希望你再努努力，争取能在高考的时候考出最理想的成绩，我们应该冲着本科线去。"

话说到一半，班主任的手机响了，他一看号码，说道："是你小姨。"

随后，班主任当着郭啸的面接了电话。

小姨不放心郭啸的身体状况，特意打电话来问问班主任。

"我刚好叫郭啸来办公室给他分析一下他的成绩，让他跟你说两句？"班主任冲郭啸使了个眼色，示意让他听电话。

小姨关心了一下郭啸的身体状况，又叫他在学校好好上课，别给老师添麻烦，郭啸都一一应了下来。

就在要挂电话的时候，郭啸忙不迭叫住小姨："小姨，你在家吗？"

"在啊，怎么了？"

"你能帮我看看我的手机，有未接来电或者短信吗？"

小姨知道郭啸还挂念徐恪钦，答应后进了郭啸的房间，在枕头下摸出他的手机。

几天没充电，手机右上角的电量已经亮红灯了，可惜只有几条垃圾短信，没有徐恪钦的未接来电和短信。

郭啸心里燃起来的希望在瞬间瓦解，他垂下眼睛，说道："我知道了，谢谢小姨。"

班主任接过电话，叮嘱了一句："现在是非常时期，可不能惦记着手机啦，郭啸，老师还是觉得你有希望考本科的，上了大学，人生才刚刚开始。"

大学……

郭啸猛地抬起头，说："老师，B大附近有我能考的大学吗？"

"B大？"班主任没想到郭啸会问B大，B大所在的城市，本科倒是不少，但是郭啸能考上的，几乎没有。有梦想是好事，但要量力而行，即使班主任不想打击郭啸的积极性，也劝了几句："怎么会问B大呢？我们整个年级能考上B大的不超过三个，这还是往多了算的，先前徐恪钦倒是能考，别人啊，我看都悬。"

郭啸当然知道他考不上B大，先前他跟徐恪钦聊起报考志愿的时候，徐恪钦提过一嘴B大，如果一直联系不上徐恪钦，或许大学是他俩见面的最后希望。

"我不是想问B大，我是想考B大周围的学校。"

班主任手头有报考志愿的资料，B大周围最差的大学也是郭啸望尘莫及的高度。

"B大周围有个C大，但是老师建议你先考虑专业，再考虑学校。"

郭啸不懂那么多，或许他有些冲动，有些不理智。他只记得，他跟徐恪钦约好的，将来读大学他俩一定要在同一座城市。

周末回到家，没有未接来电和未读短信的手机再次让郭啸的希望幻灭，徐恪钦像是人间蒸发了一般，再也没回过自己消息。

郭啸不想用恶意去揣测徐恪钦的所作所为，或许他有什么苦衷，自己只要考上C大，就能去找徐恪钦，让他当面回答所有问题。

等不到徐恪钦的回复也没关系，手机短信界面成了郭啸的留言板。

> 郭啸：徐恪钦，今天我问了老师，我能考上Ｃ大的话，就能跟你在同一个城市了。

一个月下来，郭啸都会在周末的时候，给徐恪钦汇报他这周的学习情况。

这天，他又尝试给徐恪钦打电话，机械女声没变，只是说的话变了，徐恪钦的手机停机了。

郭啸僵住了，他急忙跑去营业厅，工作人员告诉他，这个号码处于欠费停机的状态，如果一直不缴纳费用，号码会被收回，然后二次售出。

"那怎么样才能留住这个号码？"即便收不到徐恪钦的回复，郭啸还是会心存期待，只要这个号码还在，只要不停机，就不会被其他人占用。

"正常缴费使用就行。"

于是，郭啸开始每个月给这个手机号码充话费。

以郭啸现在的成绩，想要考进自己理想的大学不是一件容易的事情。"只要努力就能成功"确实是一句激励人奋进的话，但是"天赋"这个东西，不是每个人都拥有的。

第一年高考，郭啸一脚跨进了本科线，换了别人，找个不错的专业读读，出来从事一门技术类的工作，也算是不错的人生规划。

但是他的梦想让他不能止步于此，他想去念的是 C 大。

班主任在听到郭啸想要复读时，秉着负责的态度劝过他，郭啸能考上本科，已经算是最好的结果了。

他跟小姨说他想复读一年，小姨父脸都要气绿了，以为好不容易能把这小子送走，结果他还想赖在自己家一年。

"考个本科都算你家祖坟冒青烟了，你还想怎么样？有点自知之明行不行？"

郭啸任性了一回，不光是为了能跟徐恪钦在同一座城市读大学，他也是为了他自己。复读一年，如果他还考不上，是他没本事。

别看郭啸老实听话，骨子里还是挺犟的，只要自己开口的事情，都是他下定决心要做的事情。

成曼婉心想郭啸复读如果真能考个好学校，那再读一年也没关系，她答应了。

郭啸把自己复读的事情也告诉了徐恪钦。

郭啸：徐恪钦，我今年没考上 C 大，我决定复读一年，等你大二的时候，我肯定能去 C 大。

都怪自己努力得太晚，先前已经留过一级，如今又晚一年读大学，徐恪钦比自己小，都当上自己的学长了。

郭啸的手指划动了一下手机屏幕，这手机他用得特别小心，他怕手机坏了，连信息都没得保存。这一年来，他每周回家都会给徐恪钦发信息，全是他的自言自语。

第五章　我们的约定

　　次年六月，郭啸第二次高考，六月下旬是出成绩的时间，郭啸整整一年的努力没有辜负他，他的分数超过了Ｃ大去年的分数线。

　　但他的分数超过得不多，在填志愿的时候很容易被刷下来。

　　七月下旬，全市的学生都放假了，郭啸还没等来他的通知书。

　　汪月姗也放暑假回了家，她知道郭啸复读的事情，特地打电话来问他："郭啸，你收到录取通知书了吗？"

　　"还没。"

　　等待录取通知书的这些日子，比去年埋头学习还要来得煎熬，郭啸强迫自己沉住气，他觉得最终的结果不会辜负他的努力。

　　迟迟不见郭啸的录取通知书，小姨父倒是急了，一着急对着郭啸就是一通冷嘲热讽："我说什么来着，见好就收你不知道啊？反正你考不上Ｃ大，去年你就该去读个普通本科，现在倒好，连通知书都没有。"

　　隔着电话，汪月姗听到了郭啸小姨父的声音，她猛地想起一件事来，说："郭啸，要不我陪你去邮局看看，有时候录取通知书太多了，没有及时送到，我们可以自己去找。"

　　郭啸一听，眼睛都亮了，不管能不能在邮局找到录取通知书，至少不用在家听小姨父的唠叨。

　　正是盛夏，中午又是最热的时候，郭啸和汪月姗约在公交车站见面，太阳炙烤着公交车顶棚，连落下来的阴影都带着炙热的温度。

郭啸到地方后，摸出手机给汪月姗发了消息。

郭啸：我到了。

"我也到了！"

郭啸听到声音忙抬起头来，汪月姗正从不远处朝这儿跑来，微风吹动着她的头发，她额头上渗出了一层细汗。

"郭啸！"汪月姗还是那么活泼，"你长高了，还长壮了。"

郭啸还是不太会说话，只是腼腆地笑了笑，眼神倒是变了，不像最初那会儿总是躲躲闪闪的。

郭啸是长高了一点儿，大概是两人太久没见，一丁点儿的变化，都能被汪月姗敏锐地察觉到。

他俩搭上去邮局的公交车，一路上，汪月姗都在跟郭啸讲述大学的生活、大学的课程和大学所在的城市。

"我刚去学校那会儿还特别不适应，尤其是饮食上，现在待一年也习惯了，室友也都挺好的，读大学真的很有意思。"

郭啸听得很认真，他眼睛里有无法掩藏的向往和羡慕。

汪月姗见状没再说下去，一拍郭啸的肩膀，说道："郭啸，你肯定考上了，只是通知书还没到，不要泄气。"

"嗯。"

到了邮局，他俩一起下车。

邮局大厅里开着冷气，汪月姗走到窗口跟人打听："麻烦问一下，高考录取通知书是在哪儿拿？"

大概是来找通知书的学生太多，窗口的工作人员连头都没抬，熟练地抬手指向了大门口，说道："绕到后面去，上二楼，自己上去找。"

一出大厅，迎面而来一股热流，在那一瞬间，郭啸觉得气血也跟着上涌，那种热血沸腾的感觉像是有人在身后推着他往楼上跑，连一旁的汪月姗都受到了他的感染，两人从疾步改成了狂奔。

刚上二楼拐角，便看到有学生模样的人进了一间办公室，郭啸跟汪月姗对视一眼，立马跟了上去。

办公室里，录取通知书随处可见，工作人员忙得焦头烂额，说："你们也是来找通知书的吗？自己找，找归找啊，别把别人的带走了。"

找到这儿来的，都是等通知书等着急的学生，几人互通了一下姓名，找自己通知书的时候正好帮别人也看看。

郭啸从柜子上的邮件查起，一大摞信件从左边被一封封地移到了右边，一个个陌生的名字从他的眼前划过。

"哎！赵明！赵明这是你的！"欣喜的声音划破办公室的宁静，这让郭啸像是看到了希望，别人能找到，他肯定也能找到。

找到通知书的人满面春风地离开，郭啸低下头继续寻找。

来找通知书的人来了又走，走了又来，身边的人换了一茬，郭啸从柜子旁找到了沙发上，他还是没看到自己的名字。

随着时间的流逝，内心的期待快要消耗殆尽，郭啸抿着嘴唇，呼吸沉重，神情也变得严肃起来。

他不会又没考上吧？要是真没考上，他该怎么办呢？他没办法履行当初和徐恪钦的约定，他不能再耽误小姨的时间，耽误自己的时间。

"郭啸……"有人忽然喊了一声，"刚才是有个人叫郭啸吧。"

郭啸猛地抬头，他站得膝盖都发软了，趔趄着往前走了一步，他接过信封，反复核对自己的信息，收信人真的是他，这真的是C大的通知书！

"有这么难以置信吗！"率先反应过来的是汪月姗，她高兴地一巴掌拍在了郭啸的后背上，"我都说了你肯定考上了！"

这一巴掌让郭啸回过神来了，他全身僵硬，嘴角在微微抽动，看到汪月姗的笑容，他也渐渐找回了喜悦的感觉。

"是我的录取通知书……"

这一刻，郭啸才切身体会到，刚刚那些找到通知书的人，心情该有多么激动。

郭啸签收了信件，又跟帮忙找通知书的人道了谢才晕乎乎地走出了办公室，他茫然地看着走廊，一时间不知道该何去何从。

"怎么？是不是兴奋过头了？你快告诉你小姨，你的通知书找到了。"

"对对！"郭啸捧着通知书不知所措，幸好汪月姗帮他接了过去，他又手忙脚乱地给小姨打电话。

邮局的办公室背着阳光，穿堂风一吹，格外提神醒脑。

电话接通后，郭啸激动得语无伦次，舌头都打结了："小姨……小姨我来邮局了……找到我的通知书了……没来得及送……我自己找到了……"

自己考上了大学，自己找到了通知书，听上去是那么振奋人心。

郭啸的通知书没到，成曼婉也跟着提心吊胆了一个月，听到郭啸找到通知书的消息，她算是松了口气，她也替郭啸高兴。

小姨下午还要上班，郭啸没着急回家，为了感谢汪月姗，便带着通知书请她去饮品店吃冰。

两人吃过冰后，才各自回家。

小姨提前下班，在宿舍的院子里刚好跟郭啸碰上。

"小姨！"

成曼婉喜上眉梢，跟郭啸一前一后上楼，还好好研究了一下通知书："郭啸，你可是咱们家第一个大学生，出息了。"

巧的是，连小姨父也下班回家了。

前几天小姨父挤对郭啸来着，成曼婉将录取通知书往小姨父脸上一砸，说道："你看看，之前你还说郭啸考不上，人家考上 C 大了呢！大城市的学校！"

小姨父从脸上拿下通知书，从沙发上爬起身来，问道："真的假的？"

"通知书上白纸黑字写着郭啸的名字，还有 C 大的印章，能有假吗？"

小姨父"嘿"了一声，破天荒地正眼瞧了郭啸一眼，说："可以啊，郭啸！"

郭啸从没听过小姨父夸自己，害羞地摸了摸后脑勺。

小姨父拉着郭啸，合计道："那我们也给郭啸办个升学宴，收一大笔份子钱。"

"你就知道收份子钱。"小姨换好衣服出来，打算给郭啸切水果。

小姨父乐呵道："份子钱怎么了？陈修文考个大专，他家照样办升学宴，郭啸这都算光宗耀祖了，这份子钱就算他多读一年给我们挣的。"

放下心中的大石头后，郭啸想到假期还剩一个月左右，他要是能找份兼职就好了。起初他是不抱希望的，毕竟暑假都过去大半，哪儿还有合适的岗位让他去兼职一个月呢？

但人一旦走运起来，好事就会接踵而至，广场的露天咖啡厅，刚好有个兼职的服务员不做了，郭啸顶替了上去。

郭啸干了一个月，发了三千块钱，小姨带他去办理了银行卡，他在卡里存入了属于他自己的第一笔工资。

小姨父再三强调，郭啸已经是成年人了，上了大学之后，生活费得靠自己去赚。小姨虽然没说什么，但是郭啸知道小姨还是会偷偷给他钱。

这三千块钱足以让郭啸坚持到在大学附近找到合适的兼职，小姨父说得有道理，自己不该再继续麻烦他们了。

眼看着到了去学校报道的日子，小姨原本打算陪着郭啸一起去，但郭啸拒绝了，这么远的路，他不想小姨来回折腾。

"小姨，我自己可以。"

坐在沙发上看电视的小姨父也跟着附和："他都多大了，还要你送他上学？快二十岁的人了，还怕他丢了？"

小姨没理小姨父，但是郭啸的态度很坚决，她看着郭啸的脸有些感慨，郭啸真的长大了，自己有主意了，去学校报道这种事情他自己能办好，她答道："行。"

临行前一晚，小姨陪着郭啸确认了一下收拾出来的行李，说："一些零碎的小件，你到了那边自己去买，实在带不走的大件，小姨给你寄过去。"

"嗯。"

"郭啸，去了大学，一定要跟同学搞好关系，你考去那么远的学校，有些事情，还得靠同学帮忙。"

大学是一个全新的世界，也是郭啸自己争取的一个新的开始，他有机会认识更多的人，成曼婉不想他像之前那样受人排挤。

"我会的。"

这两个大行李箱是新买的，专门让郭啸带去学校的，小姨拍了拍箱子，说："这箱子你好好用，自己的行李要看着点，千万别在路上弄丢了。"

这一晚，小姨跟郭啸聊了很多。

"好了，你早点休息，明天一早还得去高铁站呢。"说罢，小姨起身往外走。

隔着门板，郭啸能听到小姨对小姨父说："明早你跟我一起送郭啸去高铁站吧。"

"谁有那闲工夫啊？好不容易放天假，我得补觉。"

"什么时候都能补觉，郭啸的东西挺多的，我跟他拿不过来，你明天跟我们一起。"

"你把我当苦力了是吧？"

　　小姨没理会小姨父的拒绝，小姨父声音变小了，像是追到了房间，继续跟小姨理论。

　　房间的灯开着，郭啸仰着躺在床上，他刚来这儿的时候，这张床他一个人睡还特别宽敞，如今躺到床上已经要蜷缩着腿。

　　时间过得可真快啊，快要离开时，那些好的坏的，都成了自己的回忆。

　　有些习惯也刻在了郭啸的骨子里，他从兜里摸出手机，习惯性地给徐恪钦发消息。

　　郭啸：徐恪钦，明天我就要去学校报到了。

　　郭啸：我们应该很快就能见面了吧?

　　发完这句话，郭啸有些不自信了。

　　跟徐恪钦在同一座城市上大学是支撑他复读的希望，如今算是梦想成真了一半，剩下的一半就是跟徐恪钦见面。

　　可越要实现梦想时，郭啸越觉得心里没有底，他怕他努力争取的一切，到最后是白欢喜一场，他怕在 B 大看不到徐恪钦，他怕徐恪钦早就忘了他俩之间的约定。

　　今天依旧是郭啸的自言自语，他安慰自己，这样的日子就快要结束了。

　　第二天一早，即便小姨父再不愿意，还是在小姨的催促下磨磨叽叽地起了床。

　　他们这儿离高铁站很远，只能叫出租车，出租车进不来巷子，他们只能把行李搬到巷子口。

　　各所大学都临近开学日，高铁站的人特别多，小姨跟小姨父没有票，不能进站，只把郭啸送到了入口。

　　"自己的行李别弄丢了，到了学校给小姨来个电话。"

　　工作人员正在核对郭啸的身份证和车票，排队进站的队伍很长，郭啸没有多余的时间在门口逗留，他收好证件和车票，又朝小姨和小姨父挥了挥手，一个人拖着沉重的行李箱走了进去。

　　候车大厅乌泱泱的全是人，郭啸搭乘的高铁还有半小时进站，他将行李挪到一旁，刚好兜里的手机振动了一下，是小姨发来的消息。

　　　　小姨：郭啸，你单独提着的那个包里，小姨给你
　　放了点零食和水煮蛋，还有水果和矿泉水，你饿了记
　　得吃。

　　此时，跟小姨搭出租车回家的小姨父在一旁露出了嫌弃的表情。

　　"你能不能别这么操心啊，人都上高铁了。"

　　郭啸的东西都是小姨帮忙收拾的，除了衣服以外，其他的东西他都没来得及打开看，他解开了小姨说的包，吃的喝的塞了满满一口袋。

　　郭啸的胸口一热，自己住到小姨家来，绝不只是多了一张嘴

吃饭而已，小姨在自己看不到的地方，为自己操了很多的心。

　　郭啸：知道了，小姨，你跟小姨父回去的路上注意安全。

　　从他们这儿搭高铁到 A 省要十多个小时，手机电量得省着点用，他刚想将手机揣回兜里，微信里那个叫"有福同享，有难退群"的群聊突然跳出消息来。

　　前几天，郭啸加上了大学班级群，寝室早就安排好了，他和几个室友加上了好友，还拉了寝室群。

　　他们寝室一共四个人，只有一个是本地人，也就是现在发消息的闵筠。

　　闵筠：你们有人到了吗？
　　郭啸：我刚上高铁，估计晚上才能到。

　　虽说大家还没见面，但郭啸能感觉室友的热情和随和，大学生活肯定会比自己想象中要美好。

　　手机的电量不允许郭啸聊太多，正好到了检票进站的时候，他跟室友交代了一句，便拖着行李箱去排队了。

　　晚上七点，郭啸成功抵达 A 省的高铁站，坐了十多个小时高铁的乘客们一下子来了精神，一个个精神抖擞地拎着行李往外走，郭啸也不例外。

　　出了高铁站，郭啸立马给小姨打电话报平安，同时也收到了室友的消息。

　　　闵筠：郭啸，就差你一个人没到了，你下高铁了吗？东西多不多，要不要我们来接你？

　　东西挺多的，但郭啸一个人也能拿走，他不好意思麻烦别人。

　　　郭啸：刚下高铁，不用麻烦了。

　　天色晚了，人实在太多，自己的行李也多，郭啸难得奢侈一把，在打车软件上叫了车。

　　一上车，司机看出郭啸是来这儿读书的大学生，话也多了起来，跟郭啸介绍了当地比较受欢迎的景点。

　　郭啸连忙问道："师傅，C 大离 B 大远吗？"

　　"现在出门有得是交通工具，就算不打车，你搭地铁也就一个小时，远不到哪儿去。"

　　也是，再远能比之前更远吗？他都已经考到 A 省来了，他和徐恪钦之间不会太远了。

　　手机里特别热闹，消息一条接一条，全是闵筠在群里发的。

　　　闵筠：郭啸你到了吗？

闵筠：到了吗？

闵筠：到了吗？

一连好几个问句，还加上了表情包，郭啸已经能感觉到闵筠的焦急。

闵筠：郭啸，我们到校门口接你来了，顺便买了点消夜，快快快！

出租车的速度渐渐降了下来，郭啸抬头刚好看到了红绿灯，司机跟他说："红绿灯过了就到了。"

他忙回复闵筠。

郭啸：马上到了。

红灯变成绿灯，出租车缓缓启动，宏伟的大学校门逐渐映入眼帘，光是这大门就比中学气派了不少。

马上要见到新室友，郭啸莫名紧张了起来。

出租车停在路边后，郭啸付了钱下车，又从后备厢将行李拿出来，刚关上后备厢，有个欣喜的声音从远处传来。

"那个是不是郭啸啊？"

郭啸回头一看，三个高矮不一的男孩站在一起。

四人目光交会，他们立马朝郭啸走来。

最矮的那个最先说话："怎么郭啸也这么高啊，哎呀，高中那会儿我是我们宿舍最矮的，上了大学还是我最矮。"

很少有同龄人这么随和地跟自己说话，郭啸脸上露出不太熟练的笑容，腼腆道："你们好……"

"郭啸，你东西还挺多啊，你一个人来的？"

郭啸腼腆地点了点头。

最矮的那个男孩笑道："没看出来郭啸个子这么高，性格还挺内向，你分得清我们谁是谁吗？"

明明是第一次见，郭啸却能猜到，说话的这个人肯定是闵筠，他跟在手机里聊天时一样活泼。

"你是闵筠？"

闵筠眉峰一挑，问："你怎么看出来的？"

几人互相通了姓名，又七手八脚地帮郭啸把行李搬回寝室。

先来的三人已经将寝室打扫过了，连郭啸的床铺和桌子都收拾得干干净净。

"谢谢……"

大家和自己想象中一样好相处。

开课前，等待郭啸他们的是长达半个月的军训。除了闵筠，另外两个室友一个叫孙学海，一个叫刘维松，寝室四个人，有三个专业，刘维松跟孙学海同一个专业的，郭啸跟闵筠一人一个专业。

虽然大家在军训时位于不同的方阵，但是大学生活几乎都是以寝室为单位的，他们四个都是一起出门，一起吃饭。

来 C 大快一个月了，军训也接近尾声。这天晚上，大家吃过饭回到寝室，前后洗完澡，都坐在寝室里吹空调。

"军训检阅结束，你们有想去玩的地方吗？"问这话的是闵筠，他是当地人，想尽地主之谊。

"我还是想回趟家。"刘维松是个容易害羞的胖墩，长得白净，比郭啸还爱脸红。他家虽然不在 A 省，但听他说，坐一个小时的高铁就能到。

第一次出远门的大学生难免会想家，哪怕只有两三天的假期，也愿意长途跋涉地往家赶。

闵筠瘪了瘪嘴，问："孙学海你呢？"

"我啊？我得去找我女朋友。"孙学海在高考结束就交了女朋友，好不容易摆脱了学校和家长的束缚，小情侣怎么可能放过假期时间？

闵筠不死心，朝郭啸看了过去，问："郭啸你呢？你总不会也回家吧？"

郭啸住得远，一来一回的车费够他小半个月的生活费，回家对他而言太奢侈了。

"我啊，我想去看看有没有兼职的地方。"

郭啸是他们宿舍唯一一个申请贫困生补助的，室友多少能猜到郭啸家里条件不算好。但他们不像郭啸高中时期的同学，并没有戴着有色眼镜看待郭啸。

孙学海说道："学校附近肯定不好找，找兼职的学生不少，稍微远一点的地方，你找不到路不说，还有可能遇上骗子。"

闵筠家住得近，他没刘维松那么想家，说道："要不我陪郭啸去找吧。"

出门在外，有个当地人陪着能少走很多弯路，郭啸当然求之不得，他正想开口说自己还得去 B 大一趟，搁在桌上充电的手机响了。

来电显示的是徐恪钦妈妈的名字，这两年来，郭啸没联系上徐恪钦，季慧秀也是如此，她会时不时打个电话来询问郭啸最近的情况。

郭啸拿起手机，起身朝阳台走去。

"季阿姨。"

"郭啸，你是不是上大学去了？有徐恪钦的消息了吗？"

"还没，我打算等放假去 B 大看看。"

季慧秀有些失望，说实在的，仅凭一个郭啸和徐恪钦口头上的约定，压根不能保证徐恪钦就在 B 大。

"他要是没考去 B 大怎么办？这都两年了，他但凡有一丁点儿找你的念头，也不至于到现在都没消息。"

希望这个东西会随着时间的推移慢慢变得稀薄，变得不那么坚定。

可郭啸已经到了 A 省，与其做一些无谓的猜想，他更想亲自去 B 大看看。

"等我去 B 大看了再说吧。"

季慧秀不如郭啸能沉得住气，她就是因为心里没底，才会打电话跟郭啸宣泄情绪："你倒是惦记他,他在他爸爸那儿被好吃好喝地供着,哪还认识你这号人物?"

挂断电话后,郭啸一个人在阳台上吹了会儿热风,A 省今年的夏天特别热,跟他们市有得一比。

夜空布满了星星,郭啸不知道自己和徐恪钦看的是不是同一片天。

军训的阅兵仪式圆满结束后,大一新生总算盼来了三天假期,刘维松着急回家,没跟着郭啸他们去食堂,回寝室收拾东西。

孙学海的女朋友还在等着他,他回寝室换了身衣服准备出门。

今天只有郭啸跟闵筠两个人一起吃饭,人潮涌动的食堂,能看到一股股热流在半空盘旋,看着都觉得闷热。闵筠受不了这样的温度,两人买了饭就赶紧回了宿舍。

回到宿舍,另外两个人已经离开了,闵筠飞快地打开空调,说:"他俩跑得可真快,对了,你约的面试是什么时候?"

"今天下午两点。"

闵筠倒吸一口凉气:"你也太着急了吧,我还以为今天能休息。"

休不休息的,对于郭啸而言不太重要,是他忘了事先跟闵筠确定时间。

"你是不是有别的事……要不我还是自己去吧?"

闵筠瘪了瘪嘴,说:"说好陪你去的,我没别的事,一个人在寝室也挺无聊的,就当出去转转。下午两点的话,你面试完不是还有很多时间吗，还有其他想去的地方吗？"

"还想去趟 B 大。"

"你去 B 大干什么？"闵筠一脸诧异地看着他，"难道你也有女朋友？"

郭啸把头摇得跟拨浪鼓似的，说道："不是不是，找个朋友……"

"男的女的？"

闵筠这人很大方主动，郭啸也没觉得人家好奇心太重，照实跟他说了："男的。"

"你朋友能考上 B 大，成绩还挺好的。"闵筠嘟囔了一句，"我表姐也在 B 大，我就没她那么有本事。"

原本打算等郭啸面完试，自己带着他在附近的景区溜达一圈。郭啸跟朋友见面多半是要吃饭的，自己又不认识郭啸的朋友，总不能厚着脸皮跟着去吧。

"结果还是我一个人啊，我连晚上吃什么都想好了。"

郭啸觉得闵筠陪自己面试，自己哪有丢下他一个人的道理，连忙道："我陪你去吃啊。"

闵筠眼睛一亮，问道："你跟你朋友见面都不一起吃饭的吗？"

"我都不一定能见到我朋友……"郭啸有些惆怅，"他也不一定在 B 大，我就是去看看的……"

闵筠越听越听不明白了，他问："你朋友不是 B 大的学生？怎么还不一定呢？"

"我想跟他在同一个城市读大学，问过他理想的大学，他说是 B 大。"

"你事先都没打电话问过他吗？"

郭啸倒是想问，可徐恪钦已经消失两年了。郭啸说："我联系不上他。"

"那你就想去 B 大找人？人家都不联系你，说不定早就把考 B 大的事情给忘了。再说了，你知道 B 大有多大吗？你就这么满校园地去找，能找到就有鬼了，你也太死心眼了吧。而且你知道 B 大有多难考吗？是他想考就能考上的？"

郭啸别的没反驳，只反驳了闵筠最后一句话："他要是想考 B 大的话，肯定能考上，他很厉害的，成绩特别好，他是我们全校第一。"

郭啸知道这样找人无疑是大海捞针，但是总比自己什么都不做要好。

见郭啸被自己说得哑口无言，嘴快心软的闵筠怕自己话说得太重，让郭啸难堪，马上又改口："你那朋友叫什么啊？跟我们是同一届吗？我帮你问问。"

郭啸一脸诧异地看向闵筠。闵筠被他盯得不自在，说："你这么看着我干什么？快说啊。"

"你不是说找不到吗？"

闵筠没好气地说："如果他真像你说的那么厉害，那他在学校里应该会有点名气，会很好找吧。"

这样的话在无形当中给了郭啸希望，他立马道："他叫徐恪钦！他应该比我们大一届，我复读了一年才考上现在的学校。"

　　郭啸的兼职面试很顺利，他去的是大学生常去的兼职场所——便利店，人家看中了他个子高大，上夜班能让人放心。

　　早上，郭啸结束了便利店的兼职工作回到寝室，今天上午他没课，正好可以睡懒觉，刚洗漱完，床上的闵筠从蚊帐里探出头来。

　　"郭啸，"闵筠举着手机，"你那个朋友好像真的在 B 大。"

　　一晚没睡的郭啸一下子来了精神，他爬上床铺的楼梯，磕磕巴巴地说："那……那我现在去找他……"

　　"等一下，但他也是大一新生，他真的是你要找的人吗？"

　　郭啸还沉浸在找到徐恪钦的激动之中，他腾不出脑子来想徐恪钦为什么也是大一新生，他只想马上去 B 大确认那个人到底是不是他认识的那个徐恪钦。

　　"我表姐对这个徐恪钦有印象，他刚到学校，有不少社团拉他入团，他都拒绝了，总之很难相处，听说他都不住校的。"

　　是他，打从郭啸听到徐恪钦的名字，便觉得那个人是他。世界上怎么会有这么巧的事情，名字相同的人，正好考上同一所大学。

　　"他今天上午有课，我表姐说有女生特地去跟他上同一节专业课，他是不是长得很帅啊？"

　　郭啸急忙从床铺的楼梯上跳了下来，也不管闵筠后面说了什么，径直朝门外跑，他怕自己赶不及，跟徐恪钦错过，便打车去了地铁站。

　　在地铁里，郭啸又收到了闵筠的消息。

闵筠：这是他上课的教学楼和教室号。

郭啸点了点屏幕，不知道该说什么，只回了句"谢谢"。

地铁不会塞车，郭啸出车站时时间还特别富余。他打车到 B 大校门口，看到空旷的地面时，他脑子里一片空白。

被头顶的太阳晒了几分钟后，他才渐渐找回自己的思绪，他跟门卫询问了教学楼的位置，又看了一眼时间，还有十来分钟就要下课了。

B 大比他们学校还要大，郭啸脚步飞快，从一开始的疾走变成了狂奔，越接近教学楼，路上的人越少。

最后，他停在了教学楼前，反复确定了教学楼的名字，才继续上楼。

扑通，扑通，是他的心跳声，他呼吸急促，双脚居然在这个时候有些发麻。

到了三楼，郭啸的步子渐渐放慢了下来。

在楼道里能听到老师的讲课声，郭啸顺着教室往前走，停在了其中一间教室的后门。

隔着玻璃，能看到大教室里密密麻麻的学生，郭啸屏住呼吸，一个个去找。

有偷偷玩手机的，有打瞌睡的……郭啸的目光从他们身上掠过。在靠近窗户的角落，有个熟悉的身影让他的瞳孔颤了颤。

在看到徐恪钦的前一秒，郭啸还能沉得住气，然而这两年来的急切，在他看到徐恪钦的那一瞬间像是迸发了出来。

只要徐恪钦回一下头，他便能看到郭啸，徐恪钦为什么不回头呢？能有什么办法让徐恪钦回头呢？

郭啸前后张望了一眼，想到如果自己出现在墙上的窗户上，或许能引起徐恪钦的注意，只是窗户太高，自己压根够不到。

旁边的教室没有人上课，郭啸从里面拖出了一把椅子，加上椅子的高度，正好能从墙上的窗户看到教室里面的情况。

果然，这个位置比后门的视野好很多，郭啸的视线再次投射到刚刚的座位上，坐在那里的人是徐恪钦，真的是徐恪钦。

徐恪钦听课的状态一直都是如此，他经常低着头看着课本，很少会抬头看老师。

郭啸一分钟都等不了了，他急得像是热锅上的蚂蚁，隔着窗户冲徐恪钦招手，没有引起徐恪钦的注意，反倒引起了其他学生的注意。

特别是那些注意力根本就不在这堂课本身的学生，在看到郭啸后，又示意旁边的同学看。

教室里的议论声很快盖过了老师讲课的声音，讲这堂课的是一位老教授，教授扶了扶眼镜，咳嗽了一声，示意大家安静一点。

他顺着其他人的目光朝墙上看去，窗户上露出了一个脑袋。

郭啸意识到连教授都注意到了他，他想下来，又不甘心，还直勾勾地看着徐恪钦的方向。

讲课声突然停了，周遭交头接耳的声音变大，徐恪钦也察觉到了教室里的变化，他抬头看了一眼，见教授扶着眼镜框在看墙上的窗户，他转过头朝窗户看过去。

两个人眼神交会的瞬间，徐恪钦的瞳孔微不可察地扩张了一下，窗外的人举着手想跟他挥手，他收敛起眼里的诧异，不动声色地别过脑袋。

"徐……"郭啸的手尴尬地举在半空，徐恪钦的名字卡在他的嗓子眼里。徐恪钦怎么不理他，是没看到他吗？可是徐恪钦刚刚分明是看到了他的？难道是没认出来？

没等郭啸想清楚，教授从教室里走了出来。

来蹭这节课的人不少，教授非但没有因为郭啸打断他讲课而生气，还语重心长地跟郭啸说道："这位同学，你现在的举动太危险了，你要是想听课，可以来教室。"

"不好意思……"

郭啸尴尬地跳下椅子，他不是来听课的，但又不好驳了教授的面子，有个正大光明的借口进去好像也挺好的。

进了教室，教授指着讲台的位置，说："你自己找个位置坐吧，刚刚讲到哪儿了？"

郭啸倒是想挨着徐恪钦坐，可徐恪钦前后左右都有人，他不想耽误大家上课，便找了最前排的位置坐下，反正没过多久就要下课了，他不怕多等一时半会儿。

课堂很快恢复了之前的教学进度，郭啸旁边的人还将课本借给郭啸一起看。郭啸几次想要回头，又碍于教授在自己跟前，只好装成听讲的模样。

直到下课铃响，他才松了口气，刚想起身，在收拾东西的教授忽然叫住他："那位同学。"

"啊？"郭啸一脸茫然。

教授试图给郭啸传授经验，毕竟自己的课不好抢，来蹭课也不一定有位置，但是学生有积极性是好事，教授说道："下次记得早点来。"

郭啸不好意思地摸了摸脑袋，教授年纪那么大了，跟他说话，他肯定老老实实地听着，等着教授提着东西离开，郭啸才猛地想起自己是来干什么的。

他回头一看，教室里只剩下零零星星几个人，徐恪钦早就不见了踪影。

刚刚借给他教材的同学还没走，郭啸赶忙问道："你跟徐恪钦是一个班的吗？你知道他去哪儿了吗？"

那人愣了一下，说："不是……他好像不住校吧，我听别人说，他好像在学校后门租了房子，下午不上课，他应该回家了吧。"

郭啸一听，拔腿就跑。

课间正逢午饭时间，路上学生特别多，郭啸看到了一张张陌生的面孔，就是没看到徐恪钦的身影。

徐恪钦怎么走得那么快？怎么一眨眼便从自己的眼皮子底下消失了。

可自己从那么远的地方找过来，怎么可能在见到徐恪钦后，还能把徐恪钦放跑？

教学楼后面的空地是音乐广场，音乐广场旁边是一片人工湖，人工湖上有一架桥，通过桥后……郭啸看到了徐恪钦。

隔着人工湖，他发现徐恪钦正看着自己。

郭啸拨开人群，飞快地朝徐恪钦的方向跑去，他知道刚才在教室里徐恪钦肯定看到了他，不会一句话不说就走的。

风吹动着岸边的柳叶，被暴晒过的绿植发出了难闻的气味，郭啸一个箭步冲到了徐恪钦跟前。

"徐恪钦……"他紧张到语无伦次，"真的是你，你看到我了……我还以为你没看到……"

郭啸一情绪激动，面部表情管理也失控了，他的腮帮子微微抽动，嘴唇也在颤抖，眼睛像是镀上了一层薄薄的水汽。

"有事?"徐恪钦似乎对郭啸的激动免疫了，他冷淡得像是在看一个陌生人。

分别两年，郭啸有无数的话想跟徐恪钦说，有无数的问题想要徐恪钦亲口给他答案。可人到了跟前，他的舌头打了结，脑子也一团麻。

"徐恪钦，我考上 C 大了。"埋怨和猜忌始终排在郭啸心里的末尾，他见到徐恪钦时，本能地想跟徐恪钦分享喜悦。

他考上 C 大了，他没有食言，他来赴约了。

"我说过跟你读同一个城市的大学。"郭啸兴奋过了头，说话都磕磕巴巴，"去年我没考上……我复读了一年……还好我今年考上了……徐恪钦……"

复读一年，其中有多少艰辛，他无法通过语言讲给徐恪钦听，但是过程不重要，重要的是他俩的重逢。

旁的人忙着去食堂吃午饭，人工湖旁渐渐安静下来，时间一分一秒地过去，郭啸始终得不到徐恪钦的回应，他嘴角的笑容也变得僵硬。

"徐恪钦……"他轻声喊着徐恪钦的名字。

徐恪钦的表情比以前更加冷峻，甚至让人不寒而栗。

郭啸如果观察得再细致一点，便能察觉当徐恪钦听说他复读一年考上 C 大时，呼吸轻微地停顿了一下。

"你为什么……不说话……"

郭啸不太自信了，他原以为有朝一日找到徐恪钦时，即便徐恪钦不会像他一样喜出望外，但至少不会是现在这样平淡的反应，甚至还有隐隐的抗拒。

"你找我有事吗？"徐恪钦脸色阴沉地重复了一遍刚才说过的话。

徐恪钦是有变化的，似乎眼神比之前更凌厉，连紧绷的下颌线都变得更加锋利，郭啸哪怕跟徐恪钦一般高，还是被巨大的压迫感震慑到语塞。

怎么会这样？

见郭啸不说话，徐恪钦转身便要离开，郭啸回过神，立马追了上去。

他当然有事，他有很多话要跟徐恪钦说。

"徐恪钦，这两年你到底干什么去了？那天我去景山找你，门卫说你跟你爸爸走了。我知道，你爸爸能给你更好的环境，但是……为什么不跟我联系呢？是不是我做错了什么，你为什么一句话不说就离开了……我们不是朋友吗？"

也不知道是郭啸的哪句话触动了徐恪钦，徐恪钦顿时停在原地，一脸阴鸷地扫了郭啸一眼，郭啸下意识地闭上了嘴。

"别跟着我。"

郭啸早就忘了怕徐恪钦是种什么样的感觉，此时此刻好像又找回了一开始跟徐恪钦相处的感觉，可是徐恪钦没有解释清楚，自己怎么能放他走？

"好，你不想说没关系……你不回我消息也没事，总之我现在已经考上了 C 大，我答应你的事情都做到了。但是还有一件事……季阿姨也在找你，你就算不想理我，还是给她打个电话吧，她也很担心你。"

徐恪钦的眼睛像是一片死寂的湖面，就连"妈妈"这两个字都不足以让他泛起涟漪，只说："我让你别跟着我。"

"徐恪钦！徐恪钦！"郭啸不知死活地挡在徐恪钦跟前，一把抓住了徐恪钦的左手。

徐恪钦反应很快，反手扣住郭啸的手腕，奋力甩开。

被徐恪钦捏过的手腕隐隐作痛，郭啸顾不上疼，他刚刚好像看到徐恪钦的胳膊上有伤，他不长记性，还想伸手去触碰徐恪钦。

"你胳膊上怎么了？"

徐恪钦眼里闪过一丝狠意，伸手将郭啸的脑袋死死压在了旁边的护栏上。

不管徐恪钦的动作有多不礼貌，郭啸最关心的还是徐恪钦的胳膊。徐恪钦胳膊内侧应该受过伤，伤好后留下了一道凸起的疤痕。

"郭啸，你要是没听明白，我再跟你说一遍，别碰我，以后也别来找我。"

"为什么啊？"郭啸想要起身，但徐恪钦的力气大得惊人，他脖子扭得酸疼还动弹不得，只能继续维持现在的姿势。

徐恪钦没有开口，只是松开手消失在郭啸的视野里，这一次的争吵也告一段落。

郭啸下午还有课，他回到宿舍的时候只有闵筠一个人在。

"这么快回来啦？那个人是不是你朋友啊？"闵筠刚好打完一局游戏，点了退出，转头看向郭啸。

郭啸一副失魂落魄的模样，闵筠还以为对方不是郭啸要找的人，说道："怎么了？不是他吗？其实同名同姓的人有很多，刚才我看你那么激动，就没好意思泼你冷水。"

郭啸摇了摇头，他一晚上没睡，遇上徐恪钦后，事情没按照他的预期发展，他的脑子完全不够用了。到底是哪儿出了问题？

但郭啸想到毕竟是闵筠帮忙找的人，自己好歹得跟他说清楚，便开口答道："是他。"

"你怎么了？"闵筠有些迷糊了，既然那个人是郭啸要找的人，郭啸为什么摇头啊，怎么找到了还萎靡不振的，他追在郭啸身后，一眼便看到了郭啸脖子上的擦伤，惊讶道"你这儿又怎么弄的？"

脖子上的伤口破了皮，闵筠用指尖一碰，郭啸吃痛地缩了缩脖子，他捂住伤口的位置，微微蹙着眉头。

这个伤口应该是刚刚被徐恪钦按在栏杆上弄到的，他的脖子到现在还觉得酸疼，徐恪钦下手可真重。

"你跟你朋友打架了？"

郭啸自己也一肚子的困惑，他急需有个人能帮他分析分析，是不是他哪儿做错了。

"他让我别去找他，他好像很生气。"

闵筠一听，丝毫不感到意外，耸了耸肩，说："你为了他复读考大学，听着就挺奇怪的。"

郭啸觉得自己复读不单是为了徐恪钦，约定是两个人的事情，他自己也有份的。

"你别怪我马后炮啊，现在都什么年代了，他要真把你当朋友，两年里有得是时间联系你。他人好好的，又没出什么意外，他为什么不联系你？不联系你的原因只有一个，人家不想联系。"

闵筠的话让郭啸想起了徐恪钦胳膊上的伤，徐恪钦跟他不一样，不会在任何事情上吃亏，胳膊上留下了那么明显的疤痕，肯定是遇上了什么事。

"你是不是也觉得我说得挺对的？"见郭啸一副若有所思的模样，闵筠以为他在思考自己的话，又接着道，"你这样的人，说好听点是重情重义，说难听点是自讨没趣。换作是我，人家两年不联系我，我才懒得来找他。"

郭啸这人记恩不记仇，如果别人对他做过十件过分的事，哪怕只帮过他一次，他都会永远把帮他的这一次记在心上。

他永远都记得被小姨父赶出家门时，是谁收留了他。

他想，徐恪钦肯定是遇上了什么事，以徐恪钦要强的性格，是不会轻易跟自己开口的。

那他呢？作为徐恪钦的朋友他就这样不管不顾了吗？

郭啸帮徐恪钦说话，也帮自己说话："不是的，他不是那种人，他肯定遇上麻烦了。"

只有他知道，徐恪钦只是看上去有距离感，想起从前跟徐恪钦相处的每一个瞬间，他都能感觉到徐恪钦是一个有温度的人。

闵筠抿着嘴唇没有反驳，毕竟对方是郭啸的朋友，自己也不太了解，不该在背后说人是非。

"那你准备怎么办？"

郭啸想，既然知道了徐恪钦就在 B 大，知道了徐恪钦的下落，自己可以像以前一样主动找上门去。

"你有他们的课表吗？"

看这样子，郭啸是不撞南墙不回头了。闵筠没好气道："你还真把我当成小叮当啦，想要什么就有什么？回头我帮你问问吧。"

"谢谢。"郭啸感激地看着闵筠。

"你从昨天晚上到现在都没睡过吧，你下午还有课呢，先睡会儿吧。"闵筠有些感慨地说道。

想起郭啸脖子上还有伤，闵筠正想让郭啸擦点碘伏，一抬头却看到郭啸鞋都没脱完，就趴在床上睡熟了。

"啪"的一声，防盗门借着风力被关上了，徐恪钦将手里的钥匙顺势搁在了鞋柜上，屋子里阴沉沉的，闷热得叫人难受。

徐恪钦还未来得及打开空调，手机先响了，他看了眼来电显示，是他爸爸。

"爸。"

"还适应大学生活吗？"

徐恪钦早就不是当初那个还惦记父母关爱的高中生，他知道他在他爸心中的分量，他已经对这样轻飘飘的关心免疫了，甚至会有点恶心。

"嗯。"

徐圳立又道："刚开学，学业不重吧。"

C省与A省相邻，他还在他爸眼皮子底下。

"还行。"

父子俩简单聊了几句，徐圳立忽然跟徐恪钦说起在A省的一个项目，徐恪钦只是安静地听着。

"现在是陈经理在负责这个项目，你要是感兴趣，来跟着学做事？"

徐恪钦语气很平淡，像是对任何事情都提不起兴趣："爸，我才大一，现在学这些是不是太早了点？而且我不感兴趣，如果有机会，我想留在学校。"

电话里一阵沉默，徐圳立无法从徐恪钦的语气中听出他说的是不是真心话，问道："你还在怪爸爸？"

"都是一家人，没有什么怪不怪的。"徐恪钦淡淡道，"徐家的事情，不是哥哥他们去做，就是我去做，让他们做吧，我现在只想把大学读完。"

徐圳立叹了口气，一副老父亲无奈的口吻："那你注意身体，有什么事给爸爸打电话。"

"知道了爸爸。"挂断电话的那一瞬，徐恪钦的表情一片阴霾。

这间房子是徐圳立买下来方便徐恪钦上大学用的，和当初景山那套房子一样，都在徐恪钦的名下，他爸爸在这方面倒是大方。

其实不止房子，他的衣食住行都由他爸爸负责，即便徐恪钦先前跟着他妈，他爸也没少过他一分钱。只是越长大徐恪钦越明白，他爸爸给他的每一分钱，有朝一日自己都得还给他。

闵筠果然有办法，他不光弄来了徐恪钦的课程表，还弄到了徐恪钦的手机号码。他跟郭啸说道："喏，给你，幸好现在辅导员都会要求大家留下电话号码，不然你就天天往 B 大跑吧。"

"谢谢……"除了谢谢，郭啸不知道该怎么跟闵筠表达自己的感激。

闵筠瞥了他一眼，有点得意道："就一句谢谢？"

郭啸也觉得自己的一句"谢谢"太不值钱，说道："那我……请你吃饭。"

"逗你的，算了。"

郭啸不仅申请了贫困补助，还要做兼职赚生活费，闵筠怎么好意思让郭啸请吃饭。

拿到徐恪钦的新号码，郭啸一点也不意外。早在徐恪钦不回复自己，早在那个号码欠费停机之时，郭啸便猜到徐恪钦应该是换号码了。

只是有一件事他过了很久才想到，但到现在都没想通。

徐恪钦既然要换号码，先前那个号码为什么不做停机处理？反倒是自己能一直给那个号码续费，是徐恪钦忘了还是徐恪钦没办法给那个号码停机？

郭啸想不通，索性不去想了，他走到阳台上，拨通了徐恪钦的电话。

周五下午，徐恪钦没有课了，他没有合得来的朋友，习惯了一个人在家。

卧室的窗帘紧闭，徐恪钦开着床头灯看书，手机响起后，他像是没听到振动一般，硬是把这一页看完才转头看向手机。

来电显示是一个没有备注的陌生号码，徐恪钦没有伸手挂断，反而盯着这个号码看了许久。这串数字有些眼熟，是谁的？

徐恪钦犹豫了片刻，还是接通了电话，此时，从手机里传来了一个熟悉的声音。

"徐恪钦！"

是郭啸。

郭啸害怕徐恪钦不会接电话，等待徐恪钦接听电话的那几十秒钟像是几十年一样漫长。

徐恪钦决绝地挂断了电话，手机还未放回床头柜上，郭啸又打了过来。

亮起的屏幕看得徐恪钦心烦，他不知道郭啸是怎么找到他的，更不知道郭啸是怎么弄到了他的号码。

这一次，手机并没有振动太久，是郭啸自己挂断了电话，紧接着，他又发了条消息过来。

　　郭啸：徐恪钦，我只是想问问周末你有没有时间，
等我做完兼职，我们能见个面吗？我什么都不问，你
不用告诉我，就跟以前一样，我们去书店吧。

郭啸一口一个"我们"，徐恪钦很讨厌这样的字眼，他没有回
应郭啸的哀求，顺手将这个号码拉进了黑名单。

郭啸很怕自己把徐恪钦逼急了，徐恪钦会拉黑他。

可他等了很久都没等到徐恪钦的回复，他想再发消息过去，
徐恪钦那边还是没有动静，他隐约感觉不好，壮着胆子拨打了徐
恪钦的电话。

果然，不管他怎么打，都是暂时无法接通，徐恪钦还是把他
拉黑了。

郭啸本身对手机联系就不抱太大的希望，毕竟用手机通话时
他看不到徐恪钦的表情，他还得找到徐恪钦的学校去才行。

周六中午，徐恪钦瞥了眼时间，该吃午饭了。这两年他愈发
不喜欢外面的食物，养成了自己做饭的习惯。

他刚走到厨房，还没来得及想好做什么，爸爸打来了电话：
"恪钦，还没吃饭吧？下楼来，我跟你大哥到了。"

徐恪钦立马又看了眼时间，他没有追问爸爸为什么会带着他
大哥来 A 省，只是乖巧地答应了一句"好"。

他现在住的小区几乎划分在了学校范围之内，小区大门正对着学校后门，他刚到路边，先看到的不是他爸爸，而是出现在学校后门的郭啸。

郭啸不知道徐恪钦具体住在哪栋楼，他早上十点便到了 B 大，在学校里转了一圈，没看见徐恪钦的人影，他才想着来学校后门碰碰运气。

可能是连老天都在帮他，他居然运气这么好，才站了半个多小时，真的把徐恪钦盼来了。

"徐恪钦！"郭啸一激动，低沉的嗓音提高了好几度。

路边的私家车缓缓落下车窗，坐在驾驶座的男人听到了他叫徐恪钦的名字，男人大概有四十来岁，样貌、神情让人觉得眼熟，还歪了一下脑袋看着他。副驾驶座上也坐着个人，有男人挡着，他看得不大真切。

郭啸下意识地朝徐恪钦看去。徐恪钦表情一顿，嘴唇抿着，眉心微微拧紧。郭啸奔跑的动作渐渐放慢了下来，幸好学校后门来往的车辆很少，他杵在马路中间也没人催促他离开。

此时，车里的人先后下了车，男人跟徐恪钦站在一起时郭啸才反应过来，这男人跟徐恪钦长得有点像，长得像……

没等郭啸脑袋转过弯来，男人冲徐恪钦问道："这位是？"

徐恪钦脸上的不悦在男人下车的那一刻消失了，他淡淡道："同学。"

徐星阑理所当然地把郭啸当成了徐恪钦的大学同学，哂笑了一声："来大学之后脾气收敛了，还能有同学跟你主动打招呼。"

　　徐圳立瞪了徐星阑一眼，徐星阑瘪了瘪嘴，立马噤声。徐圳立转头看着郭啸，说道："既然是同学，叫上你同学跟我们一起吃个饭吧。"

　　郭啸不明就里，看向徐恪钦的目光带着傻气和呆滞。徐恪钦没跟他对视，甚至只花了一秒钟的时间就服从了他爸爸的建议，说："上车吧。"

　　上了车后，等徐圳立自我介绍完，郭啸才后知后觉，这是徐恪钦的爸爸，他打招呼道："叔叔好……"

　　他每说一句话，都会偷摸打量徐恪钦的神情，就怕自己说错了话。

　　徐圳立只是跟他闲聊，问了问他最近学业重不重。

　　郭啸的学校怎么能跟 B 大比，他谦虚地说了句："还行。"

　　"别紧张。"徐圳立从后视镜里面看着郭啸，"吃饭的地方也不远，待会儿再送你跟恪钦回来。"

　　B 大附近有个刚发展起来的商业圈，每到节假日，人流量还是挺可观的，徐圳立选的饭店就在商业圈中心的大楼上。

　　刚出电梯，饭店金碧辉煌的大门正对着电梯口，郭啸光是看这阵仗便有点犯怵了，他步子很慢，不由自主地靠到了徐恪钦身旁。

　　门口的服务生热情地迎了上来，徐星阑报了一下自己的姓氏，服务生的声音特别温柔悦耳，说："徐先生对吧，几位请跟我进来。"

　　现在是中午，饭店大厅没什么客人，郭啸晕头转向地跟着进了一间包间，包间正中间那张气派的大圆桌让他愣了一下，四个人吃饭用得着这么大的桌子吗？

落座的时候，郭啸小心翼翼地坐到了徐恪钦的旁边，不知道从哪里来的压迫感，让他连呼吸都放轻了不少。

刚一坐下，徐圳立又忽然对他说："来，小同学，你看看想吃什么？"

郭啸不敢伸手去看那本花里胡哨的菜单，说："不用了叔叔……您看吧……我都行……"

徐圳立也没有勉强，点完菜后，服务生恭敬地说了句"请稍等"便离开了，包间里只剩下徐家父子和郭啸。

这种场面下，郭啸不知道自己该说什么，该做什么，幸好徐恪钦开口说话，让诡异的气氛稍微得到了缓解。

"爸，你们怎么来了？"

徐圳立伸手去拿桌上的茶壶，亲自替徐恪钦添上了茶水，说："昨晚跟你说的那个新项目，爸想着既然你不去，让你大哥过来历练历练。"

这语气好像是在说，爸爸先想把这个机会给徐恪钦，徐恪钦不要，才轮到他大哥。然而实际上，昨晚他要是答应，就是他野心太大，不够安分，他家可轮不到他野心勃勃。

"这样啊。"徐恪钦举着水杯抿了一口，从表面上看不出他心里在想什么，似乎对这件事不太在意。

徐星阑的性格不够沉稳，徐恪钦不是他同父同母的弟弟，"看不上"这几个字几乎写在他脸上了。要不是他爸压着他，说是他欠徐恪钦的，他还能跟徐恪钦一起吃饭？

就大儿子这藏不住心事的德行，徐圳立要不是因为跟老婆没法交代，真不想让徐星阑挑重任。

他像在安抚徐恪钦一样，说："将来你毕业，有什么想法就跟爸爸说，爸爸肯定在各方面都支持你。"

各方面，主要是指资金方面，他的意思是他对徐恪钦，跟对徐星阑是一样的，徐恪钦不要再因为以前的事情耿耿于怀。

比起聊什么新项目，徐恪钦似乎更加热衷于他学校的课程，说："谢谢爸爸，现在说这些对我来说太早了，我现在只想完成教授布置的课题。"

徐圳立也不想老在徐恪钦面前提钱的事情，问道："什么课题？"

"让我们自己选一只股票，一学期下来看是赚还是赔，算期末成绩的。"

徐圳立巴不得徐恪钦能把心思全用在学习上，他给的钱，养活徐恪钦绰绰有余，能用钱来弥补和徐恪钦之间的裂痕，何乐而不为？

郭啸在一旁听了一会儿，没想到徐恪钦的课题这么麻烦，才大一就得自己赚钱了。

"你看爸爸有没有能替你参谋的？"

徐恪钦还没说话，徐星阑在一旁笑道："实在不行，我回头叫人给你透露一点'内幕消息'？"

所谓的"内幕消息"是犯法的，徐圳立脸色骤变，徐恪钦只是跟他大哥对视了一眼。

徐星阑还敢在他面前笑得这么放肆，说话这么口无遮拦，看来徐星阑这两年的日子太好过了，他一好过，徐恪钦就会想起自己的不好过。

徐恪钦没说话，徐圳立立马教训了大儿子几句："你多大的人了，还跟你弟弟胡闹？你知道你自己在说什么吗？"

徐星阑觉得被爸爸训斥丢了面子，又不敢当面发作，只是瘪了下嘴。

短暂的尴尬被服务生打断，菜肴先后上了桌，郭啸听他们讲话听得云里雾里的，看着精致的饭菜，他感觉到饿了。

徐圳立刚才把郭啸遗忘在一旁，饭菜上来后，又招呼了郭啸一声："别客气，吃什么自己夹。"

郭啸慌忙点头，用余光偷偷打量着徐恪钦。

这顿饭郭啸没吃多少，他觉得憋得慌，从饭店出来时才松了口气。

徐恪钦爸爸和大哥还有别的事情要忙，把他俩送回了学校后门，都没上去看一眼，便开车离开了。

"叔叔再见……"车子走远了，郭啸才意识到自己挺没礼貌的，都忘了跟徐恪钦爸爸说自己的名字。

"我跟你说的话你听不懂吗？"徐恪钦冷得像冰碴似的声音将郭啸的思绪拉了回来。

刚刚徐恪钦叫他一起去吃饭，他以为徐恪钦改变主意了，他以为和徐恪钦又能跟以前一样。

"是你叫我一起的……"郭啸小声解释道。

"我爸在，要我当着我爸的面跟你吵？"

郭啸没想过跟徐恪钦吵，他就是不明白徐恪钦为什么不肯理他，到底是他哪儿做错了？他们是朋友，有什么话不能说出来吗？

郭啸一脸失落道："我以为你看到我会很高兴，我没想过会这样，徐恪钦你是不是遇上了什么事？以前都是你帮我，我现在也会想办法帮你的。"

徐恪钦在看到郭啸时谈不上高兴与不高兴，只是觉得有点意外，意外郭啸能考上Ｃ大，意外郭啸会遵守所谓的诺言，出现在自己眼前。

帮他？郭啸能怎么帮他？这也太可笑了。

可徐恪钦知道，郭啸是个认死理的人，朋友只有自己一个，学校只考跟自己同一座城市的，看似窝囊，实则犟得厉害。郭啸花了那么大的功夫找他，是不会轻易被自己打发走的。

郭啸不知道徐恪钦在想什么，他眨了眨眼睛，说："徐恪钦？"

"你想帮我？"徐恪钦反问了一句。

"对呀。"郭啸几乎没有过脑子，肯定的回答脱口而出。

徐恪钦的嘴角勾起一抹难以察觉的弧度。郭啸，这可是你自己说要帮我的，以后千万别后悔。

郭啸是一个没有目标的人，他的人生很迷茫，父母去世后，他花了很多精力来适应城里的生活，后来又因为基础太差，跟不上学校的教学进度。小姨对他的要求不高，他自己也得过且过，对他好的人只有小姨，他没有朋友，像是一只被族群抛弃的小动物，直到徐恪钦答应给他补课。

　　徐恪钦成了他唯一的朋友，他好像有了努力的目标，他的生活好像变得充实起来，他向着他的目标前行，其实是追随着徐恪钦的脚步。

　　他这样的人讨不了女孩的欢心，去想未来另一半的问题太早了，太不切实际。小姨有自己的家庭，自己总不能一直赖在小姨家，朋友对他而言可能是一辈子的交情。

　　路边不方便说话，郭啸跟着徐恪钦上了楼。学校后门的小区不如徐恪钦先前住的小洋房气派，但两室一厅的房子，徐恪钦一个人住也绰绰有余了。

　　郭啸脱了鞋，跟在徐恪钦身后，打量了客厅几眼，问了句废话："你为什么不住校呢？"

　　徐恪钦看郭啸的眼神像是在看傻子，郭啸难得机灵一次，反应过来自己的问题太傻了。

　　打从自己第一次见到徐恪钦，别说是住校，徐恪钦连关系还算过得去的朋友都没有。

　　一想到这儿，郭啸有些庆幸，庆幸之余，他又唾弃自己，他明明不是见不得徐恪钦好，为什么会有不为人知的自私呢？

　　或许是为了找到一种平衡感，因为自己花了两年的时间才能跟徐恪钦在同一座城市上大学，他打从心底不想徐恪钦有新的朋友。

　　郭啸潜意识里知道这种扭曲的心理不太好，他为了掩饰自己的心思，磕磕巴巴地跟徐恪钦说了些住校的好处："其实住校挺好的……可以认识更多的人，不是每个人都像以前有些同学那样……"

大概是因为言不由衷，郭啸的补充解释和他古怪的表情，看上去很滑稽。

徐恪钦看着郭啸道："你知道你自己在说什么吗？"

郭啸很怕被徐恪钦看出心事，讪讪地闭上了嘴。

让他没想到的是，徐恪钦居然接着这个话题继续道："怎么？你室友对你很好？"

上大学后郭啸算得上真正住校了，高中那会儿，他一直跟艺术生住同一个寝室，艺术生去培训的时间比在寝室长，他跟室友几乎没怎么接触。

上了大学，他才有机会跟新的同学长时间地住在同一屋檐下。

郭啸摸了摸脑袋，说："他们人挺好的，我能找到你，还是因为有个室友帮忙来着。"

徐恪钦的表情变得严肃起来，他早就猜到靠郭啸自己，想要找到他，肯定没那么快。

"少和你室友说我们的事。"当初徐恪钦能接纳郭啸在自己身边，很大一部分原因是郭啸这个人不会乱说话。

郭啸没敢问为什么，点头点得特别用力。

能再次跟徐恪钦重逢这件事，让他没什么真实感，因为他俩之间有两年的空白时间，他总觉得这两年发生了什么事情，他总觉得徐恪钦跟之前不太一样了。

现在天气闷，出门一趟再回来，徐恪钦便想着要洗澡。

郭啸也不知道在想什么，徐恪钦走到哪儿，他就跟到哪儿，跟着徐恪钦进房间拿衣服，又跟着徐恪钦往浴室走。

到了浴室门口，徐恪钦回头冲他说道："别再跟了。"

徐恪钦手上的衣服将他胳膊上的疤痕挡了大半，郭啸还想问问这疤的来历，徐恪钦已经进浴室去了。

浴室门紧闭，紧接着从里面传来了水声，隔着磨砂质感的浴室门，人的轮廓很模糊，都模糊成了一团。

哗啦啦的水声听得郭啸有些难为情，不管在里面洗澡的人是谁，自己守在门口好像都不太礼貌。

他搓了搓鼻子，顺着走廊往前走是房间，以他和徐恪钦如今的疏离感，他不敢随意进徐恪钦的房间，只能退回到客厅里。

茶几上全是徐恪钦的书，有些看着是学校的教材，有些好像是他自己买的财经杂志，旁边还有烟灰缸，烟灰缸里烟蒂不少。郭啸有些迷茫，这是谁抽的烟？徐恪钦的爸爸？还是他大哥？地上放着垫子，徐恪钦还是有坐在地上看书的习惯。

房子小了，东西多了，东西一多，看着好像有些凌乱，郭啸闲着没事做，便帮徐恪钦把书本都整理好放在一起。

空调遥控器就搁在茶几上，郭啸没自作主张去用，他还记得徐恪钦很不喜欢吹空调，夏天连电扇都很少用。

郭啸坐在客厅里，目光一直盯着浴室的方向，等着徐恪钦洗完澡出来。水声停了下来时，他集中了注意力，听到开门声时，他猛地站了起来。

"徐恪钦……"

刚好，徐恪钦的身影出现在了郭啸的视线里，徐恪钦换了一身居家服，是简单的短袖和短裤，这一幕郭啸总觉得似曾相识。

郭啸像是一只护卫犬一样，徐恪钦一旦消失在他视野里，他会很不安，很躁动，恨不得冲进浴室确定徐恪钦还在不在，因为他很听话，所以才格外克制，当听到开门的声音，他反应很快，会第一时间叫出徐恪钦的名字。

被浸湿的布料紧贴在徐恪钦的肌肤上，胳膊上的疤痕被热水烫成了粉色，看着格外明显，郭啸的视线从徐恪钦的胳膊游移到了腿上。

"你腿上又怎么了？"

在郭啸印象中，徐恪钦这样漂亮的小少爷，别说是疤痕，连蚊虫叮咬的痕迹他都不曾见过。什么时候，徐恪钦身上有了这么多伤疤？

这些伤疤在白皙的皮肤上看着格外狰狞可怖，和徐恪钦那张俊美的脸庞格格不入。

徐恪钦像是没听到郭啸的问题，俯身拿过遥控器打开了空调。

郭啸绕过茶几，凑到徐恪钦的身旁，问："徐恪钦，你身上的伤到底是怎么来的？这两年你都干什么去了？为什么会晚一年上大学？"

徐恪钦刚拿遥控器的时候，便注意到郭啸帮他收拾了课本。他盘腿往沙发上一坐，随口道："坐牢去了。"

轻描淡写的语气，让郭啸分不清徐恪钦到底是在开玩笑还是说真的，他怔了片刻，走到沙发旁，试图从徐恪钦脸上找到答案。

徐恪钦垂下眼皮，给了郭啸一个合情合理的理由："我刚到我爸那儿，不太适应，所以就休学了一年。"

这个理由听起来好像合情合理，但郭啸还是有些怀疑，到底有多不适应才需要休学一年？

"那伤呢？"

徐恪钦弯腰拉开旁边小柜子的抽屉，从抽屉里拿出了烟盒和打火机，当着郭啸的面点了一根烟。

原来刚刚的烟灰和烟蒂，不是别人弄的，是徐恪钦自己弄的。

"你什么时候学会抽烟了？"

徐恪钦轻蔑地笑了笑，说："抽烟而已，用得着这么难以置信吗？"

这种笑容让郭啸不寒而栗，他无法将现在的徐恪钦，跟刚刚在饭桌上乖巧甚至还有点懵懂的徐恪钦当成同一个人。

徐恪钦抖烟灰的动作很娴熟，他继续说："我大哥对我的态度你也看到了，我跟他难免会有点冲突，伤就是这么来的。"

徐恪钦胳膊上的疤痕那么深，得是多大的冲突才会弄成这样？还有他腿上的疤痕，郭啸总觉得那像是疮好后留下的痕迹。

尽管郭啸不信，但是他找不到徐恪钦的破绽，只能点了点头。

"你爸爸对你不好吗？"郭啸坐到徐恪钦身边，徐恪钦的哥哥跟他同父异母，关系可想而知，如果他爸爸对他也不好，那他在徐家的生活肯定是水深火热。

烟丝快要烧尽，徐恪钦将烟头顺手按灭在烟灰缸里，说："好啊，这房子，还有景山的房子，都是他买给我的，他还能大老远地来看我，徐家所有的东西都有我一份。"

听到徐恪钦这么说，郭啸刚想松口气，徐恪钦又道："但是他对我大哥更好。"

空气中的烟味夹着一点点的苦涩，郭啸闻着很难受，往后坐了一截。

"有我一份，不代表我就能得到，我只能靠我自己。"徐恪钦说这句话的时候，真诚地直视着郭啸的双眼。

郭啸似懂非懂，大概是觉得徐恪钦跟他当初一样，回到爸爸那儿也是寄人篱下。不过自己还有小姨，而徐恪钦的爸爸好像不怎么偏向他。

徐恪钦突然开口道："你上大学后没谈恋爱？"

郭啸忙着找徐恪钦的下落，还得打工，哪儿有时间谈恋爱？他把问题抛回给了徐恪钦："你不也没有？"

徐恪钦挑了挑眉毛，似笑非笑地说："我不信那玩意儿。"

郭啸茫然地眨了眨眼睛，目光停留在徐恪钦脸上许久，才把他的话捋明白。徐恪钦的意思是，他对谈恋爱这种事情没兴趣。

"你没喜欢过哪个女生吗？"

问完郭啸又觉得自己明知故问，他俩一起上学那会儿，他就没见过徐恪钦对任何一个女生特别一点。

郭啸也无法想象，徐恪钦到底会喜欢什么样的女生，好像他认识的女生，跟徐恪钦站在一起都显得很突兀。

而且徐恪钦的脾气不太好，女生脸皮薄，哪儿受得了他给的脸色？

徐恪钦竟然大方地回答了郭啸的问题："怎么样算喜欢？你

自己有一套标准吗？想跟对方见面？想从她那里获得心理上的满足？"

郭啸听傻眼了，他没想过这些问题，更不敢相信这些话是从徐恪钦嘴里说出来的。

他都二十了，连女生的手都没牵过，高三和复读的那两年他忙着看书学习，连电视都没看过，那些爱情故事他甚至很少听说。

这个话题在郭啸的迷茫中翻篇了，客厅的温度也随着空调的打开而渐渐降了下来。

徐恪钦是个极其自律的人，哪怕郭啸坐在旁边，在两人结束对话后，他也能立马拿起手边的书看起来。

家里门窗紧闭很是安静，最大的响声是徐恪钦翻动书本的声音。这样的相处方式让郭啸有一种莫名的熟悉感，恍惚间，他像是回到了徐恪钦在景山的家里。

他不由自主地偷看徐恪钦的脸，徐恪钦的样貌有细微的变化，褪去了稚嫩，面部的轮廓比之前更加锋利，只是看书的动作和从前如出一辙。

"徐恪钦……"他情不自禁地喊了徐恪钦一声，他脑子里一片空白，没想好要说什么，只是太久没看到徐恪钦，这种相处方式太让他怀念，他控制不住想要喊徐恪钦的名字。他其实有很多话想跟徐恪钦说，但在徐恪钦抬起下巴示意他说话时，他又把话咽了回去。

徐恪钦没听到下文，终于肯将目光从书本上移开，有些不悦地看着郭啸。

郭啸情急之下挑了个没什么意思的话题，说："我现在在便利店兼职，上夜班，我周末有时间。"

他不止周末时间，如果是徐恪钦的要求，他随叫随到。

徐恪钦漫不经心地"嗯"了一声，问道："你小姨父不肯给你生活费了？"

"也不是，是我自己不想麻烦他们了。"

说到这儿，郭啸猛然想起徐恪钦妈妈的事情，郭啸不知道徐恪钦对他妈妈是什么态度，说话格外小心。

"徐恪钦，你要联系季阿姨吗？她也很担心你。"

徐恪钦似乎没有生气，情绪的起伏不是很大，并没有因为郭啸提到他妈妈的事情就动怒。

"是她跟你说的吗？"

郭啸想了想，说："季阿姨没有明说，是我自己猜的。"

徐恪钦轻笑了一声，抬头看着郭啸，郭啸又继续道："就在你跟你爸爸离开那天，她来院里找过你，她说她跟之前的男人分开了。"

这件事过去了很久，郭啸才想明白，季阿姨和那个男人分开了，当时看着没有怀孕，估计是连小孩也没要。

徐恪钦没做评价，开口道："你找到我的事情告诉她了吗？"

郭啸摇头，答道："来找你的前一天我刚好跟季阿姨通过电话，我只说你可能在 B 大。"

"那就别让她知道。"徐恪钦的态度不像是生他妈妈的气，"我没精力应付她，等我什么时候安定下来再联系她。"

"哦……"

郭啸的回答带着一点点的犹豫，徐恪钦抬头看着他，问："她要是问起我，你知道该怎么回答吗？"

"说……你不在 B 大……"

徐恪钦眯着眼睛，说道："语气肯定点，我不在 B 大。"

"你不在 B 大。"郭啸有样学样。

徐恪钦知道郭啸连撒谎都要人教的德行，郭啸很少撒谎，他撒谎需要契机，需要自己给他一个合理的理由。

"如果让她知道我在 B 大，你猜她会不会找来？她来找我，除了为了钱还能为了什么？你也知道我在我爸家的日子不好过，我爸不希望我和我妈来往，要是被我爸知道我和她有联系，别说她拿不到钱，以后我都不一定能拿到。"

郭啸牵挂徐恪钦，徐恪钦一旦把潜在的"危机"夸大，他会在第一时间将徐恪钦的利益放到首位。

他答道："知道了。"

番外

生日

徐恪钦跟郭啸有两个多月没见面了。

徐恪钦忙，郭啸也忙，徐恪钦出差，郭啸也有新的项目。

郭啸抽查完这批机器，手头的工作暂时告一段落，他今天能提前下班，跟着汤锐山和闵筠吃了顿饭，因为没有骑车，他还稍微喝了点酒，吃完饭后，他才晕晕乎乎地回家。

郭啸一开门，家里的灯亮着，门口还多了一双鞋。

"徐恪钦？"

郭啸刚喊出口，徐恪钦就从浴室走了出来，手里还拿着毛巾在擦头发，像是刚洗完澡的模样。

"你回来怎么不给我打个电话？"

徐恪钦的脸上还挂着水珠，在嗅到郭啸身上的酒气时，他原本就不大好看的脸色更加难看了。

"你喝酒了？"

郭啸没察觉到徐恪钦的怒意，能见到徐恪钦他很欣喜，他脱了鞋子，抓了抓后脑勺，答道："嗯。"

"你下班不回家，跟谁喝酒去了？"

郭啸不是专程去喝酒，连忙解释道："跟我师父他们吃饭，喝了一点点。"

这么久没跟徐恪钦见面，郭啸有好多话想跟徐恪钦说。

徐恪钦显然有些不耐烦，他将毛巾往沙发上一扔，说："去洗澡。"

郭啸抬起胳膊嗅了嗅，酒味好像是有点大，于是傻笑着拿上衣服进了浴室。

洗完澡出来，郭啸在客厅没看到徐恪钦，又进了卧室，徐恪钦正坐在床上看笔记本电脑。

"你怎么回来了？忙完了吗？"

徐恪钦没有说话，目光还停留在屏幕上。

郭啸在徐恪钦面前本就话多，加上喝了酒，就更能说了。他不在意徐恪钦有没有搭理他，他一个人也能自说自话。

"我上个月还跟我师父出差去了，其实我出差就是跟着他去玩。

"我们部门来了几个新同事，是做什么新媒体的，搞宣传，我看他们写文案可费脑子了，我肯定做不来。

"食堂换了个阿姨，那个阿姨挺喜欢我师父的，每次我跟我师父去吃饭，她都给我们留菜。

"楼下超市换了个老板，幸好上次我回来赶上了，不然积分都用不了了。

"有些人真的好缺德啊，专门去厂外面偷电瓶车的电瓶，还好我把电瓶车停在厂里了。"

郭啸闭着眼睛说了一堆，说得他都有些打瞌睡了，慢慢就睡了过去。

第二天醒来时，郭啸在床上愣了几秒，才想起来昨天自己说着话就睡着了。

"徐恪钦……"郭啸喊了一阵，没见到徐恪钦的人影，门口的鞋子不见了，徐恪钦应该走了。

郭啸扶着墙回到房间，手机上没收到徐恪钦的消息，床头柜上也没有留言，他只能给徐恪钦打电话，接电话的人并不是徐恪钦。

"喂？郭先生？"是龙助理。

"那个……龙助理，徐恪钦回去了吗？"

"嗯，老板在开会。"

郭啸嘀咕道："啊？他昨晚回来，我还以为他忙完了……"

电话里沉默了一下，龙助理犹豫后，开口道："老板还是挺忙的，昨天您过生日，老板特意回A省的。"

郭啸盯着门口走神，他的生日吗？他自己都忘了，徐恪钦特意赶回来的？

"哦……那你先忙吧……"

郭啸挂了电话，心想，这么算起来，他就去过隔壁省两次，好像总是徐恪钦来A省，他都没有想过要去看徐恪钦，难怪他觉得徐恪钦在生气。

几天后，郭啸趁着周末请了两天假，从龙助理那儿知道徐恪钦最近都在隔壁省，郭啸买了去隔壁省的高铁票。

郭啸不想打扰徐恪钦工作，下车后只跟龙助理说了一声："他要是忙，你先别跟他说我来了，我直接去他家，他晚上会回家吧？"

龙助理给了肯定的答案。

这栋房子跟景山的洋房有点像，郭啸到家时，家里只有四姐。

四姐喜出望外，道："郭先生，您怎么来了？也没听徐先生说啊。"

郭啸笑了笑，他是不请自来。

四姐为人热情，又是替郭啸拿行李，又是关心郭啸有没有吃饭。

"四姐，你忙你的吧，我能照顾好自己的。"

虽然郭啸没怎么在这边住过，但是家里有不少他买来的东西，院子里有他种的向日葵，徐恪钦的书房里还有一缸他买来的金鱼。

吃饭时，徐恪钦接到了从家里打来的电话，四姐有什么事都会跟徐恪钦提前汇报。

"徐先生，郭先生已经到家了，您怎么没提前说一声？"

徐恪钦表情一顿，先是看了龙助理一眼，然后说："我知道了。"

挂断电话后，徐恪钦向龙助理问道："郭啸来了你怎么没跟我说？"

"郭先生说您要是忙，就先别跟您说。"

徐恪钦不悦道："谁给你开工资？他是你老板，还是我是你老板？你听谁的？"

龙助理说了句"抱歉"，他知道徐恪钦没有真正怪他的意思。

徐恪钦今天按时下了班，没让司机送，自己开车回家了。

把车停在车库后，徐恪钦迫不及待地往家里走，四姐正忙着做晚饭。

"徐先生，郭先生在书房。"

徐恪钦点了点头，疾步跨上楼梯，匆匆来到书房门口，他整理了一下呼吸，故作轻松地推开了门。

郭啸正趴在沙发上看金鱼。

"徐恪钦！"听到开门声，郭啸的注意力立马被吸引，他起身朝徐恪钦跑去。

徐恪钦装作不知情的样子，随手脱下外套，问："你来干吗？"

"我放假了，就来看看你。"

徐恪钦没有正眼去看郭啸，语气淡淡地问："来多久了？"

"刚到一会儿，我听龙助理说你很忙，我还以为你今晚很晚才会回来。"

"是挺忙的，刚好忙完。"

那也太巧了，郭啸觉得自己来得正是时候。

"你那天去 A 省是因为我过生日啊？我自己都忘了。要是知道你回来了，我肯定会提前回家的。"

徐恪钦生了几天的闷气，他惦记着郭啸的生日，郭啸倒好，跟他那些朋友出去"花天酒地"。两个人见一次面，郭啸能从厂里看大门的说到厂里的司机，他大老远地跑去 A 省，是为了听这些八竿子打不着的陌生人的故事吗？

"我还多请了两天假，可以多待几天。"

郭啸这次是专程来给徐恪钦赔罪的。

徐恪钦瞥了郭啸一眼，既然郭啸这么诚心诚意地赔罪，他就勉为其难原谅郭啸好了。

年假

郭啸从单位回到家嘴就没停过，从厂里看大门的大爷，说到食堂打饭的大姐，从单位的班车，说到他们主任的私家车，反正没一件事是徐恪钦爱听的。

徐恪钦最近也挺忙的，不过是在市里忙，但是两个人每天都能见面。徐恪钦每天都按时下班，带着没有忙完的工作，为的就是晚上多跟郭啸待一会儿，但是郭啸不长记性，总是改不了他这些臭毛病，说些别人的破事。

郭啸说得多了，徐恪钦也就习惯了，懒得跟他计较，郭啸说他的，徐恪钦就左耳进右耳出，干自己的事情。

"这阵子厂里收益好，每个部门都有奖励，发了好多米面粮油，还有奖金。"

厂子里一点小恩小惠就把郭啸这傻子哄得服服帖帖的，对比同行业其他企业的福利这也太抠搜了，郭啸他们部门加了多少班才让厂子的收益提高了，结果福利就是米面粮油，外加一丁点儿的奖金就把人给打发了？

也就是郭啸好糊弄，这点东西还值当他当个事跟自己讲一遍？

徐恪钦一边处理文件，一边在心里吐槽，面上还面不改色，淡淡回应了一声"嗯"。

"我还有年假一直没用呢，至少一周。"

明达比其他私企强的也就是这点，年假是老老实实给，只要申请单位就给放，不像私企用各种理由阻挠休假。

一周时间确实挺长，徐恪钦算了一下，他一年到头都不见得有七天假期。

郭啸坐到徐恪钦身边，不紧不慢地开口："刚好闵筠也有时间，他约我一起出去旅游。我师父听说了也想去。我哪儿懂'旅游攻略'这些啊，都是闵筠在看，他列了好几个地方，让我跟我师父选。其实我哪儿都行，他们选就成了。"

闵筠、汤锐山、旅游，这几个关键字凑在一起，徐恪钦总算是抬头看了郭啸一眼。

不准去！不让去！不行！

徐恪钦真的很想质问郭啸，按理说他的工作做得很好了，别人的职位都升上去了，怎么就他还留在汤锐山身边？

一年到头就七天假期，还都给了闵筠和汤锐山，他算什么？

这个汤锐山和闵筠脸皮也是厚得可以，要玩他俩自己抱团去玩，有点眼力见儿都不会拉上郭啸一起。

火气已经冲上了徐恪钦的脑门，他伸手合上笔记本电脑的瞬间就整理好了情绪。

"之前你不是说家里的电器该换新了吗？"徐恪钦开口道。

这事郭啸之前跟他提过一次，电器是消耗品，即便再怎么小心使用，年限到了该换的还是得换。

"浴室的瓷砖也脱落了，正好连同浴室门一起换了吧。"

不光是电器，家里的装潢也到了该翻新的时候，这些郭啸都跟徐恪钦说过，他还清楚地记得，当时徐恪钦正要开视频会议，回了他一句"知道了"。

"对，你不是说……"

郭啸话都没说完，便被徐恪钦抢在前头打断了："助理给我发了一个清单，你看看你手头有多少钱，家里该换的，该修的，一次性弄好吧。"

前两年，在徐恪钦的建议下，郭啸在市中小学附近买了一套房，自那以后他的钱多数给了房贷，剩下的钱也没多少，还都上交给了徐恪钦。徐恪钦帮他理财，存款确实涨了，但是手头的钱就不富余了。

郭啸手头的钱也就够日常开销的，家里的支出一直都是徐恪钦负责，徐恪钦刚才的意思明显是让郭啸来出这次装修的钱。

这也不是郭啸不想出钱，就是太突然，他兜里多余的钱只有那笔奖金，还想留着出去旅游用，要是出钱装修，他哪儿还有钱出去玩，他有点想跟徐恪钦商量用卡里存着的钱。

"那个……"郭啸抠着手，"那……可以用存在你那儿的钱吗？"

徐恪钦为的就是不动声色地将郭啸兜里的钱掏空，怎么会拿出卡里的钱呢，他还给了个非常合理的理由。

"你也知道，卡里的钱我存的是长期，要是取出来利息就不作数了。"

郭啸脸上的窘迫更加明显："也是这个理……我还以为你不在乎这点利息的……"

自己跟徐恪钦的收入差距之大，人家徐恪钦说话的工夫都在挣钱，他一直以为徐恪钦看不上这点儿利息的。

这点钱徐恪钦当然看不上，不过是找了个让郭啸没办法反驳的借口罢了，他继续道："都是你的钱，赚这点利息也不容易。"

这话听着，郭啸还觉得徐恪钦挺为他着想："那好吧……我跟闵筠他们说一下，我不去了……"

徐恪钦惬意地往床头一靠，视线习惯性地跟随着郭啸的身影，他见郭啸走到书桌旁，从行李箱里拿出了一些东西。

自己刚刚在忙，根本没注意到郭啸已经兴冲冲地准备好了行李，此时的郭啸像是一只小狗一样耷拉着耳朵，将箱子里的东西一样样归位，随后又拿出手机，应该是要给闵筠发消息。

徐恪钦是真的不喜欢闵筠和汤锐山，如果可以，他恨不得让郭啸辞了工作，离这些所谓的朋友、同事远一点。

"你请的哪几天的假？"

郭啸握着手机，抬头茫然地看向徐恪钦。

徐恪钦毫无负罪感，只是受不了郭啸可怜兮兮的眼神，平静地转过头："等你旅游回来之后再装修吧，反正也不差这几天。"

郭啸还是蠢了一点，没明白徐恪钦的意思："可是我没钱了……"

"我上衣口袋里有张卡。"说出去的话是泼出去的水，徐恪钦这臭德行，自己说过的话硬圆他都得圆回来，郭啸的钱花完了也好，花完了就用他的，"你用那里面的。"

这时，闵筠的消息也发了过来，他发的是语音消息，郭啸手一抖按了下去，手机里瞬间就传来闵筠愤愤不平的声音。

"别信他！姓徐的就是故意拿捏你呢，钱我借你！"

可能是气愤，闵筠不仅爆了粗口，嗓门还贼大，不绝于耳，徐恪钦听得脸都黑了。

郭啸犯得着用别人的钱？

徐恪钦瞥向郭啸："你请得哪几天的假，我安排一下，我也要跟你一起去。"

"啊？"

郭啸的反应徐恪钦很不满意："不乐意？"

"不是啊。"郭啸又折回到徐恪钦身边，"我看你挺忙的，以为你没时间。"

他是想邀请徐恪钦一起来着，可徐恪钦回到家电话没停过，他都没好意思打扰。

徐恪钦冷哼一声："你都没问过我。你不是跟你师父还有闵筠合计得挺高兴的？我以为你忘了我这号人了。"

"没有没有！"郭啸傻眼了。

"哼，年假都花在和别人出去玩了，还说没有？"

郭啸挺冤枉的，之前的年假他多数都没用，因为老想着跟徐恪钦一起出门的时候用，可徐恪钦哪儿有那么多工夫跟自己出去玩，公司的事情都忙不过来。

但郭啸又不会为自己辩解，只知道说没有。

郭啸偷偷瞟着徐恪钦的表情，小声道："真的没有，你跟我一起去我肯定高兴。"

徐恪钦倒打一耙的本事炉火纯青，不占理也占理了，郭啸一道歉，他还觉得他真挺委屈的。

"我可是为了陪你，等旅游回来，肯定又要压一大堆事情。"

郭啸点头如捣蒜，他知道他知道！

编后记

　　本书版权由北京长佩网络科技有限公司授权，由北京宏泰恒信文化传播有限公司出品。

　　在此真挚地感谢在《惺惺》出版过程中参与策划、创作的贡献者。北京宏泰恒信文化传播有限公司参加本书选题策划、封面设计、绘制插图的工作人员有：连慧、李艳、靴子、Laberay、荀白茶司、小冼考鱼。

2023 年 7 月